HORS DE MOI

DIDIER VAN CAUWELAERT

Hors de moi

ROMAN

ALBIN MICHEL

Je viens de sonner chez moi, et c'est un inconnu qui a répondu. Surpris, je fixe la grille de l'interphone.

– Oui ? répète la voix.

– Excusez-moi, je me suis trompé.

Le grésillement s'interrompt. Les touches sont très proches ; j'ai dû presser celle du voisin en même temps que la mienne. Le doigt bien au milieu de mon nom, j'enfonce à nouveau le petit rectangle noir.

– Quoi encore ? s'impatiente la voix.

Sans doute un faux contact. Ou un ouvrier qui est venu pour les finitions.

– Je suis bien au troisième gauche ?

– Oui.

– Ma femme est là ?

– Qui ça ?

Je vais pour préciser que je suis Martin Harris, mais la porte de l'immeuble s'ouvre et un couple à portables déboule en écoutant ses messageries. Je traverse le hall, m'engouffre dans l'ascenseur en bois qui tremblote avec lenteur jusqu'au dernier étage.

Le palier est dans l'obscurité. Je cherche à tâtons la minuterie, puis enfonce le bouton de ma sonnette. La porte voisine s'ouvre au bout d'un instant. Un petit vieux passe un œil par-dessus l'entrebâilleur. Je lui dis bonjour. Il me répond, d'un air à la fois coupable et méfiant, que toutes les sonnettes font le même bruit. J'acquiesce, lui explique que je n'ai pas mes clés, me retourne tandis que ma porte s'ouvre. Un homme en pyjama me dévisage à contre-jour. Les mots retombent dans ma gorge.

– C'est vous qui avez sonné à l'interphone ?

Je lui demande ce qu'il fait là.

– Comment, ce que je fais là ?

– Chez moi.

– Chez vous ?

La sincérité de sa surprise me désarçonne. Concentré sur son visage dont je commence à distinguer les traits, je lui précise avec un effort de neutralité que je suis M. Harris. Il sursaute. Les idées se bousculent dans ma tête, les plus dérisoires, les plus démentes. Ma femme connaît un autre homme, elle l'a installé ici pendant que j'étais à l'hôpital.

– Liz !

On a parlé d'une seule voix. Elle apparaît sur le seuil de la salle de bains, en culotte et chemise noire. Je fais un pas dans l'appartement, il s'interpose. Elle demande ce qui se passe. Elle *lui* demande ce qui se passe.

– Rien, répond-il. Une erreur.

Elle me regarde. Mais pas comme le ferait une épouse qu'on prend en flagrant délit d'adultère. Comme une inconnue qu'on aborde, qu'on importune et qui se détourne.

– Tu gères, lui dit-elle.

Et elle disparaît dans la cuisine. Je fais un pas, l'autre me retient avec son bras. Je crie :

– Liz ! Enfin, à quoi tu joues ?

– Laissez ma femme tranquille !

Sa femme ? Je reste la bouche ouverte, cassé dans mon élan par son aplomb. Il est à peu près de mon âge, plus mince, avec une voix mieux timbrée, une tête carrée, les cheveux blonds en bataille et le pyjama Hermès que Liz m'a acheté à l'aéroport Kennedy. J'abaisse son bras d'un coup de poignet.

– Mais ça va pas ? crie-t-il en me repoussant.

– Un problème, monsieur Harris ?

Je me retourne. Le voisin est toujours derrière son entrebâilleur.

– Non, c'est bon, monsieur Renaudat, répond l'autre. C'est réglé.

Je les regarde tour à tour, incrédule.

– Vous êtes sûr ? insiste le voisin.

– Oui, oui. C'était juste un malentendu. Pardon de vous avoir réveillé. On ne va pas ameuter tout l'immeuble, non ? enchaîne-t-il à mi-voix en me fixant, comme pour me raisonner dans un effort de conciliation. Allez, entrez, qu'on s'explique...

Je l'empoigne par mon pyjama, le tire sur le palier.

– C'est vous qui sortez de chez moi, et tout de suite ! Et on s'explique devant les gens !

– Martin ! crie ma femme.

Il se dégage d'un revers de main. Le temps que je réagisse, ma porte s'est refermée sur moi. J'ai un mouvement vers le petit vieux qui recule vivement, claque le battant, verrouille à double tour. Ravalant ma stupeur, j'essaie de trouver le ton naturel qu'on emploie en pareil cas. Bonjour monsieur Renaudat, excusez-moi, je suis votre nouveau voisin, on n'a pas encore eu l'occasion de faire connaissance. Il me crie de m'en aller ou il appelle la police.

Je reste figé dans le silence du palier. Sans réponse devant l'absurde. Comment justifier l'évidence quand tout le monde la nie, et qu'on n'a d'autre preuve à opposer que sa bonne foi ? J'aime ma femme, elle m'aime, on ne s'est jamais disputés devant témoins, je ne l'ai trompée qu'une fois en dix ans de mariage et c'était juste professionnel, une collègue dans un congrès de botanique, elle n'en a rien su, on se faisait une joie de cette nouvelle vie à Paris – qu'est-ce que ça veut dire ? Je rentre chez moi et d'un coup je me retrouve dans une situation de caméra invisible. Je cherche sur le palier des micros, un objectif, des reflets derrière le miroir... Mais qui aurait monté un tel traquenard, et pourquoi Liz serait-elle entrée dans ce jeu ?

La minuterie s'éteint. Je m'appuie contre le mur, reprends mon souffle. J'ai la gorge serrée, la tête vide, avec au creux du ventre ce mélange d'angoisse et de soulagement qu'on éprouve quand un mauvais pressentiment s'est vérifié. Depuis mon réveil, je cherche en vain à joindre ma femme sur son portable. J'ai été absent une semaine et elle ne s'est pas inquiétée, elle n'a pas signalé ma disparition, elle n'a pas prévenu la police qui lui aurait indiqué l'hôpital où j'étais en réanimation. Et ce matin elle fait semblant d'être la femme d'un autre.

Immobile dans la pénombre du palier, je fixe ma porte pour qu'elle se rouvre et que Liz éclate de rire, me présente son complice et me saute au cou en disant poisson d'avril. On est le 30 octobre.

Et faire des blagues, ce n'est pas son genre. Avoir un amant non plus. Je croyais. En deux minutes, je me retrouve jeté hors de chez moi, sans plus aucune certitude sur rien.

Et puis la situation se dénoue soudain et un sourire m'échappe, tellement c'est bête. Elle a cru que je l'avais plantée là sur un coup de tête, que j'étais parti sans rien dire avec la blonde côté hublot qui m'avait dragué au-dessus de l'Atlantique – je pensais que Liz n'avait rien remarqué, avec ses deux somnifères et son masque en tissu... J'avais bien trouvé son attitude bizarre, à l'atterrissage, mais elle fait toujours la gueule en présence d'une femme plus jeune. En sortant de l'aéroport, comme j'essayais de la dérider, elle m'a glissé d'une voix très dure : « La discrétion, bravo. » Et quand je me suis penché pour ramasser la ceinture de son imper, elle a refermé sur ma main la portière du taxi.

– Liz, écoute, ce n'est pas ce que tu crois... J'ai eu un accident de voiture, je suis resté trois jours dans le coma, ça va, je n'ai pas de séquelles mais l'hôpital a voulu me garder en observation... J'essaie de t'appeler depuis que j'ai repris connaissance, tu as un problème avec ton portable... Ouvre-moi, écoute ! A quoi ça rime ? Je suis crevé, j'ai la main qui me fait mal, j'ai besoin de prendre une douche et... Liz ! Mais ouvre-moi, merde !

Aucune réponse. Silence total dans l'appartement. J'ai beau tendre l'oreille, je n'entends que le bruit de l'ascenseur derrière moi. J'attaque la porte à coups de pied.

– Arrête cette comédie ! Je suis pas en état ! Ouvre cette porte ou je l'enfonce ! Tu m'entends ?

Un type énorme jaillit de l'ascenseur et me ceinture.

– Du calme !

– Mais lâchez-moi !

– Tout va bien, monsieur Renaudat, je l'ai maîtrisé !

Bruit de verrou chez le voisin. Sa porte se rouvre et le petit vieux glapit :

– A quoi ça sert de payer un interphone et un gardien si n'importe qui arrive à entrer ?

Je crie que c'est *mon* immeuble.

– On se calme ! répond le type en me broyant les côtes.

Il remercie le voisin de l'avoir prévenu, et me demande ce que je veux à M. Harris.

– Mais c'est *moi*, M. Harris !

L'étau de ses bras se desserre, se resserre aussitôt. Avec la pointe du menton, il sonne chez moi puis lance :

– Bonjour, monsieur Harris, excusez-moi, mais c'est quelqu'un de votre famille ?

– Absolument pas ! répond l'homme derrière la porte. Je ne l'ai jamais vu.

– Alors ? me gueule le concierge comme si c'était la preuve que je mens.

– Alors quoi ? Moi non plus je ne l'ai jamais vu, je ne le connais pas !

– Mais moi je le connais, c'est M. Harris, il habite ici et je suis le gardien de l'immeuble. OK ? Alors tu te barres d'ici tout de suite ou je préviens les flics.

Je me dégage d'un coup sec et l'attrape par son polo.

– Mais prévenez-les ! Tout de suite, allez ! Ce type se fait passer pour moi et ma femme est complice !

Rien ne bouge sur son visage de brute.

– Vous avez vos papiers ?

Je glisse la main en réflexe dans ma poche intérieure, la laisse retomber. Je lui explique que j'ai eu un accident : j'ai perdu mon portefeuille.

– Ne vous laissez pas embobiner ! s'écrie le voisin. C'est encore un drogué, regardez sa tête !

Je vais pour répliquer que j'ai la tête de quelqu'un qui sort de l'hôpital, mais je referme la bouche. Ils vont me prendre pour un échappé de l'asile. Je me retourne vers ma porte, lance d'une voix suppliante :

– Liz, je t'aime ! Arrête ce jeu... Dis-leur qui je suis !

Je lui parle en anglais. Elle est québécoise et on a toujours employé le français entre nous, à Greenwich ; ça nous donnait une intimité que j'essaie de recréer sur ce palier, à l'envers. Je lui jure qu'il n'y a qu'elle dans ma vie. Toujours aucune réponse. Je surprends un regard en coin entre le concierge et le voisin. Ce n'est pas possible, tout le monde est dans le coup ? Mais c'est moins de la connivence que du sous-entendu. Le genre d'œillade qu'échangent deux misogynes en présence d'une femme qu'ils ont classée dans le rayon salopes : elle s'est tapé un type sans lui dire qu'elle était mariée et il vient faire de l'esclandre parce qu'il est jaloux, alors elle feint de ne pas le connaître.

– Allez, mon vieux, glisse le concierge d'une voix radoucie. Vous voyez bien qu'on veut pas de vous.

Je lui rends son regard un instant, puis j'acquiesce, bouleversé par la lueur d'humanité qui est passée dans ses yeux de bœuf. Comme s'il s'identifiait à moi, comme s'il prenait à son compte l'incompréhension et le rejet que je déclenche. Avec, dans sa main qui tapote mon épaule, la solidarité des poivrots qui s'inventent des vies au comptoir après les heures de boulot.

Il me pousse vers l'ascenseur. Je ne résiste pas.

– Et que je te revoie plus traîner dans le coin, bonhomme, d'accord ? marmonne-t-il au rez-de-chaussée, avec une vraie douceur. Sinon je te vire à coups de pompe. Ils aiment pas les histoires, ici.

Je sens son regard m'accompagner tandis que je marche jusqu'à la porte vitrée. Quand elle s'est refermée sur moi, je me retourne. Derrière mon reflet en transparence, je le vois qui regagne sa loge.

– Trottoir ! gueule un môme à rollers en me frôlant.

Les bruits de la rue se recomposent autour de moi. Une benne à ordures, un marteau piqueur, des passants, des klaxons. Tout est normal. Tout est comme avant. Je me regarde dans la porte vitrée et je suis le même. La silhouette trapue, froissée, les cheveux raides et le visage ordinaire. Il suffirait de pas grand-chose pour que j'arrive à me persuader qu'il ne s'est rien passé. Je viens d'arriver devant chez moi, je sonne, Liz m'ouvre et on se jette dans les bras l'un de l'autre. Mais où tu étais, j'étais folle d'inquiétude, qu'est-ce qui t'est arrivé ? Alors je raconte l'accident, le coma, le réveil, son portable qui ne fonctionne plus, elle me fait un café et on file à l'hôpital régler ma note. La scène que je répète dans ma tête depuis que j'ai repris connaissance. Celle qui aurait dû avoir lieu. Mon doigt hésite devant mon nom sur la touche noire. Puis je tourne les talons et quitte ma rue.

Je marche comme un automate entre les gens pressés et les touristes, cherchant malgré moi un visage connu, un commerçant qui m'aurait vu avec Liz, n'importe quel témoignage auquel me raccrocher. Mais il n'y a que des antiquaires et du prêt-à-porter. Je tourne à droite, vais jusqu'à la pharmacie qu'on m'avait indiquée jeudi dernier. Je cherche la jeune femme qui m'avait pansé la main, je la décris. Elle est en vacances. Je ressors, retourne sur mes pas, longe la vitrine de l'agence France Télécom où Liz avait acheté nos portables. Des Mobicartes sans abonnement, c'est-à-dire sans discussion marquante avec le vendeur – de toute façon elle avait déjà payé quand je l'ai rejointe, la main bandée.

J'entre dans le premier café et je m'abats sur une banquette. Je me sens mal. La tête qui tourne, les idées qui s'enlisent, une fatigue immense. Les médicaments qu'on m'a donnés, le vaccin contre le tétanos, les effets secondaires de ce que je viens de vivre... Je ne suis plus moi-même. Comme si le fait d'être ainsi né, attaqué dans mon identité avait quelque chose de contagieux. « Vous verrez, m'a dit le neuropsychiatre, certains souvenirs sont peut-être effacés, ou mettront du temps à revenir. » C'est faux, tout est là, rangé, à sa place. C'est terrible de n'éprouver aucun doute et de manquer à ce point d'arguments. Ma mémoire est là, intacte, mais elle tourne à vide, sans écho, sans prise, désolidarisée.

Les coudes sur le guéridon, la tête dans les mains, je respire à plein nez l'odeur de bière et de cendrier froid pour m'accrocher au présent, chasser la vision qui m'obsède. Je me suis senti un inconnu dans les yeux de ma femme. Et elle avait l'air sincère. Des peintres en bâtiment rigolent bruyamment au comptoir, pleins de vie, de taches et de gravats. Je fais rapidement le tour des gens à qui j'ai parlé depuis que je suis sur le sol français, et qui pourraient confirmer que je suis moi. Le policier du contrôle des passeports, mais je n'ai pas fait attention à sa tête, le chauffeur de taxi coréen qui nous a amenés ici, mais je n'ai pas gardé le reçu, et puis celle avec qui j'ai eu l'accident, bien sûr, mais elle ne sait de moi que ce que je lui ai dit, au même titre que le personnel de l'hôpital.

– Et pour le monsieur ?

Je dévisage le garçon. Inutile de lui demander s'il me reconnaît. On s'est assis là avec nos valises pour déballer nos téléphones, on avait rendez-vous avec le propriétaire de l'appartement, mais je me suis rendu compte au bout de cinq minutes que j'avais oublié mon ordinateur à l'aéroport. Liz est restée pour attendre les clés, j'ai sauté dans un taxi, ensuite c'est l'accident, le coma, le réveil.

– Je vous sers quoi ? insiste le garçon.

J'hésite. Je ne sais plus ce que je veux. Je ne sais plus ce que j'aime.

– Quelque chose de fort.

– Cognac ? J'ai un millésimé qui vient de rentrer, vous m'en direz des nouvelles.

D'un ton sec, je lui réponds qu'il n'y a pas de millésimes dans le cognac. Son sourire s'affaisse. Ce n'est pas contre lui, mais l'idée même du mensonge me fait monter à la gorge une rage incontrôlable. Je vois dans ses yeux que j'ai un accent étranger, que c'est lui le Français et de quoi je me mêle.

– Un Coca, dis-je pour effacer l'incident. Avec du rhum.

– Un Cuba Libre, traduit-il, atone.

Il tourne les talons. Je remets de l'ordre dans mon costume chiffonné par le concierge, rabats les revers et rentre la chemise. Ma blessure me fait mal, les doigts ont encore gonflé sous le strapping. Un miracle que je m'en sois sorti avec une simple fracture des phalanges, répétait le médecin qui l'avait mise sur le compte de l'accident. Mais la douleur irradie jusqu'à la nuque ; j'ai peut-être autre chose de plus grave qu'ils n'ont pas décelé. J'étais si bien dans le coma. Ce qui me reste de ces soixante-douze heures, c'est une sensation de paix, de bonheur moelleux, de grasse matinée d'enfance à Disneyworld, avec la rumeur du monorail surplombant la maison, l'euphorie douce de m'envoler pour flotter au milieu des vacanciers trimbalés au-dessus de mon sommeil... L'effet du Xilanthyl dans la perf, m'a expliqué le médecin.

Et puis le visage de Muriel penché sur mon lit, au réveil, son sourire de joie, de soulagement, ses larmes qui tombaient sur mes joues... La tension nerveuse qui se relâchait. En cinq ans de taxi, j'étais son premier accident. Refus de priorité à un camion, choc latéral, projection contre le garde-fou, chute dans la Seine. D'une voix lézardée, très lente, elle me remémorait les événements en appuyant sur les consonnes, comme on fait pour les sourds et les vieux qui n'ont plus toute leur tête. Si je ne sortais pas du coma, elle s'était juré d'arrêter le métier. Cela dit, ajoutait-elle avec franchise, mon retour à la vie ne changeait rien à son avenir. Infraction de classe 5, convocation au tribunal de police et retrait de permis. Elle arrêtait là le tableau, mais je lisais sans peine la suite dans son silence. Je me rappelais certaines phrases qu'elle avait prononcées à mon chevet : ses prières pour que je rouvre les yeux, ses angoisses, son découragement ; toutes ces confidences qui lui avaient échappé sans gêne puisque j'étais censé ne pas entendre. Divorcée élevant deux enfants dans une cité-mouroir en banlieue nord, ligotée par un emprunt à vie pour acheter sa plaque de taxi. Un corps dégraissé par les soucis, avec des muscles un peu trop saillants sous le pull, des cheveux noirs retenus par un peigne, des traits fatigués sans maquillage, des yeux qui avaient dû rire et jouir et qui ne faisaient plus que conduire. Jolie peut-être derrière sa dureté pare-balles et ses blessures. Un ange traité contre les mines anti-chars, avec un défaut dans le blindage. Elle m'avait remonté toute seule à la surface, paraît-il : aucun témoin n'avait plongé, les gens ayant trouvé plus urgent de noter le numéro du camion qui prenait la fuite.

Lorsque j'avais décliné mon identité en sortant du coma, sans parvenir à joindre ma femme, elle était allée vérifier que j'habitais bien à l'adresse indiquée. La porte de l'immeuble était close et elle avait sonné en vain à l'interphone. Comme les médecins m'avaient jugé apte à sortir, mais que l'administration refusait que je parte en l'absence de prise en charge, elle m'a quasiment kidnappé ce matin en disant que c'était de la séquestration à mille euros la journée : elle me ramenait chez moi et je reviendrais payer quand je voudrais, voilà. Je n'arrêtais pas de lui dire merci, elle n'arrêtait pas de me dire pardon. Dans le taxi de remplacement prêté par un collègue en vacances, elle m'a conduit jusqu'à ma porte. Elle m'a laissé sa carte en cas de besoin, et a redémarré dès qu'elle m'a vu parler dans l'interphone. Pressée de m'oublier, sans doute, maintenant que j'étais tiré d'affaire.

– Je n'ai plus de rhum, dit le garçon. Coca nature ou autre chose ?

– Coca nature.

– Pour le cognac, je vous signale quand même que légalement, on a le droit d'afficher le millé-sime à partir de 1970, si on a le rapport d'expertise de la cour d'appel de Bordeaux, et même avant 70 si on a fait la datation au carbone 14.

– Excusez-moi. Va pour un Coca-cognac.

Son petit air compétent s'évapore dans une cris-pation des mâchoires. Je m'apprête à lui demander où se trouve le poste de police le plus proche, et puis je me souviens que je n'ai pas d'argent sur moi. Le temps qu'il retourne à son comptoir, je suis sorti.

J'avise un agent, de l'autre côté de la rue, j'écoute ses indications, je le remercie. Il me sourit. Je reste un instant sur place, comme collé à ce sourire, avec une sorte de bonheur clandestin. Il ne sait pas qui je suis mais il n'a aucune raison d'en douter ; il me fait confiance, il me fait crédit. Mon insistance à le fixer diminue son sourire. Il détourne la tête, va s'occuper d'une voiture en double file.

Ma réaction me fait peur, tout à coup. Il faut que je me reprenne. Que j'aie l'air sûr de moi. Ce n'est qu'une mauvaise blague, une crise conjugale qui va se régler tout de suite ; je suis désolé d'étaler notre vie privée, mais Liz ne me laisse pas le choix.

– Vous avez vos papiers ?

Avec un effort de patience, j'explique que non, justement : je viens pour une déclaration de perte.

– Des justificatifs ?

– Oui. Mais enfin, ils sont chez moi : c'est le deuxième problème. Comme je le disais à votre collègue tout à l'heure, on ne me laisse pas entrer.

Le policier fronce les sourcils, regarde sa collègue qui est allée s'occuper d'autre chose. On me fait patienter depuis vingt minutes, en me baladant d'un guichet à l'autre pour me poser les questions auxquelles je viens de répondre. Régulièrement déboulent des mômes en état d'arrestation qui gueulent dans une langue étrangère, déguisés en squelettes, sorcières et citrouilles ; leurs victimes se jettent sur les officiers de police avec un air prioritaire et j'attends que mon tour revienne.

– Vous êtes de nationalité française ?

– Américaine.

– Vous avez prévenu votre consulat ?

– Pas encore. Je voulais d'abord que vous m'aidiez à régler le problème chez moi, c'est à trois rues d'ici, mais votre collègue m'a dit que je devais commencer par porter plainte.

– Vous habitez quel arrondissement ?

– Le huitième.

Il soupire, contrarié que je relève de sa juridiction. C'est un rouquin grillé par le soleil qui rentre de vacances à contrecœur pour peler sous le néon devant son écran. Il se rapproche de la table, ajuste sa chaise à roulettes en face du clavier.

– Nom ?

– Harris.

Il attend. J'épelle. Il cherche les lettres, enfonce les touches, me demande si je suis de la famille du pain de mie. Je dis non.

– Prénom ?

– Martin.

– Comme une femme ?

– Non, ça se prononce « Martine », mais...

– En français, c'est comme « Martin ».

– Voilà.

– Profession ?

– Botaniste.

Je commence à épeler, il réplique sèchement qu'il sait ce que c'est : les plantes.

– Jardinier, quoi, traduit-il.

– Pas vraiment. Je suis directeur de laboratoire à l'université de Yale, détaché au département biogénétique de l'INRA.

– Ça s'écrit ?

– Institut national de la recherche agronomique, unité 42 à Bourg-la-Reine, 75, rue Waldeck-Rousseau.

Il soupire, tapote de l'index sur une touche pour effacer ce qu'il a commencé à saisir.

– Né le ?

– 9 septembre 1960.

– A ?

– Orlando, Floride.

– Nationalité américaine, donc.

– Oui.

Avec un air rancunier, il me désigne les enfants alignés sur les bancs et me signale que c'est une coutume de chez moi, Halloween. Je déplore d'un air navré, pour éviter qu'il ne se coince.

– Adresse en France ?

– 1, rue de Duras, Paris, huitième arrondissement.

– Objet de la plainte ?

– Usurpation d'identité, tentative d'escroquerie, déclarations mensongères, abus de confiance...

– Hé, j'ai que deux doigts !

Il me fait répéter, m'interrompt pour prendre un appel, consulte un fichier. Après avoir donné une liste de noms, il raccroche et revient sur mon cas en manœuvrant sa souris.

– Vous voulez porter plainte contre qui ?

Il relève la tête au bout de cinq secondes de silence, réitère sa question. Je murmure :

– Martin Harris.

Il fronce les sourcils, vérifie sur son écran, revient dans mes yeux, articule lentement :

– Vous portez plainte contre vous-même.

– Non... Contre celui qui a pris ma place. Je ne connais pas son vrai nom.

– Précisez.

– J'ai eu un accident de voiture, j'ai passé six jours à l'hôpital Saint-Ambroise et, en rentrant, j'ai trouvé un homme installé à mon domicile.

– Un squatter ?

– Si vous voulez. Il se fait passer pour moi auprès des voisins.

– Un sosie, alors.

– Pas du tout. Mais je n'ai pas eu le temps de me présenter aux gens de l'immeuble ; à peine arrivé, j'ai eu mon accident. Je ne sais pas comment l'autre s'est débrouillé, mais il vit sous mon nom, carrément.

Le policier relit ce qu'il a saisi, complète ma déposition, réfléchit. Instinctivement, j'ai préféré ne pas lui parler de Liz. Jusqu'à présent, je vois dans son regard que mon histoire se tient, et je ne veux pas qu'elle dérive en péripétie d'adultère comme tout à l'heure aux yeux du concierge. Usurpation d'identité, c'est un motif de plainte recevable. Refus d'une épouse de reconnaître son conjoint devant témoins, c'est déjà plus glauque.

– Brigitte !

Sa collègue s'approche. Il lui montre l'écran. Elle se penche, interrompt la mastication de son chewing-gum, fronce les sourcils.

– 1, rue de Duras, ça donne sur le Faubourg, non ?

– J'envoie quelqu'un.

– Asseyez-vous, le temps qu'on vérifie.

J'acquiesce, déconcerté par l'efficacité soudaine de ma démarche. Je me dirige vers les sièges en plastique vissés au mur, il me rappelle.

– Vous avez une personne qui peut confirmer votre identité ?

J'hésite.

– Le propriétaire de mon logement. C'est un confrère, le Pr Paul de Kermeur. Il m'a fait venir en France pour participer à ses travaux, et me prête cet appartement qu'il a hérité de sa mère...

– Vous êtes locataire ou occupant à titre gratuit ?

– Ça dépendra des résultats de notre collaboration... Si nous décidons de poursuivre, je pense que l'INRA prendra en charge le loyer...

– Vous avez son numéro ?

– 06 09 14 07 20.

J'ai parlé avec une fierté disproportionnée, mais chaque souvenir qui me remonte sans le moindre effort est une preuve de plus – même si je n'ai aucun besoin de me rassurer sur l'état dc ma mémoire, et au risque d'éveiller la méfiance avec ce ton de leçon trop bien apprise.

– Répondeur, dit-il en me tendant le combiné.

– ... mais laissez-moi un message, poursuit la voix de Kermeur à mon oreille, et je vous rappellerai dans les plus brefs délais. Bip.

– Bonjour, Paul, c'est Martin Harris. Pardon de vous déranger, mais si vous pouviez me rappeler d'urgence, je suis au...

Le rouquin relève les yeux, m'indique la feuille punaisée au mur où figure le numéro du standard. Je le dépose sur la messagerie de mon confrère, puis j'ajoute sur le même ton, en réponse à la question qu'il doit se poser après avoir lu le dernier numéro de *Nature* :

– Pour l'orchidée-marteau, je vous confirme qu'elle est bien pollinisée par la thynnidée, et non par la goryte.

Je rends le téléphone au policier, qui refait la mise en page de mon état civil sans réaction apparente. Je m'en veux aussitôt d'avoir étalé ma science d'une façon tellement appuyée qu'on pourrait croire que je donne le change. Cela dit, jusqu'à présent, il n'a aucune raison de mettre en doute ma bonne foi.

Un trac terrible me noue l'estomac tandis que je me rassieds, au milieu de la bande d'enfants qui ricanent à voix basse dans leur langue hermétique. La nommée Brigitte s'approche des trois squelettes à ma gauche avec une liste et un téléphone, leur fait signe de parler à son interlocuteur puis reprend l'appareil, écoute, lance au rouquin :

– C'est pas des Albanais.

– Et merde. Qu'est-ce qui reste ?

– Biélorussie, Bosnie, Estonie..., égrène mollement la fille en déplaçant un doigt sur sa liste.

– Et des Tchétchènes ? propose leur victime, un gros type à carreaux assis au bout de la rangée.

– On n'a pas d'interprète.

– Saloperies de pays de l'Est ! grogne le gros.

– Huit fois sur dix, lui précise la fille, c'est des Français qui font semblant d'être de là-bas, pour qu'on puisse rien faire.

L'agressé rengaine ses préjugés, déçu, puis se tourne vers moi et me raconte avec une rancœur conviviale, par-dessus la tête des trois mômes, comment ils lui ont piqué son portefeuille pendant qu'il photographiait l'Obélisque. Je hoche la tête, le regard fuyant, concentré sur mon problème.

– Et vous, enchaîne-t-il, solidaire, on vous a pris quoi ?

– Tout.

J'ai parlé d'un ton sobre. Il recule le buste, me dévisage d'un air perplexe, attend que je développe. Je détourne la tête. Chacun sur un téléphone, Brigitte et le roux continuent sans conviction leur tour de France des interprètes. J'espère qu'ils ne saturent pas le standard, qu'il reste une ligne pour Paul de Kermeur s'il me rappelle. En même temps, une vague appréhension me fait souhaiter le contraire. C'est fou comme on prend vite le pli de l'absurde. Je suis toujours certain d'être moi, mais je suis de moins en moins sûr des autres.

Une équipe en armes dévale l'escalier, se rue hors du poste. Claquements de portières, sirène. Je regarde ailleurs. Brigitte se dirige vers le distributeur de boissons, demande au technicien qui le répare combien de temps ça va durer. Moue d'incertitude. Machinalement je me suis mis à réviser ma vie pour préparer la confrontation, trouver les arguments irréfutables qui convaincront la police. Mais le doute s'installe au fil des minutes. Jamais l'amant de Liz n'aura le culot de venir ici, de se prendre pour moi en ma présence. Ils n'ouvriront pas aux flics, ils feront croire que l'appartement est vide, et je n'aurai plus qu'à entamer une procédure auprès du consulat. Sans justificatif d'identité, je n'arriverai à rien.

Ma main me fait un peu moins mal, mais les doigts sont toujours aussi gonflés. J'essaie de desserrer le strapping qu'on m'a posé à l'hôpital, tandis que la petite fille assise à côté de moi s'endort contre mon bras, le visage au repos sous son maquillage de sorcière.

– Ça va bientôt finir, cette comédie ? lance le faux moi-même en déboulant.

Talonné par deux agents, il fonce jusqu'au guichet où il tape du plat de la main, exigeant de parler au commissaire.

– Il est pas là, réplique le roux. Et on se calme. Vos papiers !

Je me lève. L'inconnu sort un passeport qu'il plaque sur la table, et se retourne vers moi avec un regard fermé tandis que le policier le compulse.

– Venez ici, vous !

Je m'approche en gardant l'air le plus naturel possible, malgré mon pouls qui s'emballe.

– Martin Harris, hein ? grince le flic en brandissant sous mon nez le passeport ouvert.

Je reste sans voix. Il y a mon nom, ma date, mon lieu de naissance. Et la photo de l'autre.

– C'est un canular ou quoi ? Vous croyez qu'on n'a que ça à foutre ?

– Mais c'est moi ! balbutié-je avec un geste vers

lui. Interrogez-le, demandez-moi : vous verrez bien que ce n'est pas lui !

– Ça suffit, monsieur, ou je vous colle au trou pour injure aux forces de l'ordre !

Je lève les mains devant moi, l'assure que je respecte sa fonction et que tout ce que je demande, c'est de l'aider à confondre cet imposteur qui en plus détient de faux papiers.

– C'est vous qui le dites. Ce passeport a l'air parfaitement normal, ajoute-t-il en le feuilletant.

Je vais pour exiger un examen approfondi, un détecteur de contrefaçon, mais j'avise le tampon d'entrée en France sur la dernière page, là où jeudi dernier on me l'avait apposé.

– Vous en convenez ? Bon. Maintenant vous allez cesser d'importuner ce monsieur, c'est clair ?

– Enfin, réfléchissez deux minutes ! Pourquoi je serais venu le dénoncer si je n'étais pas moi ?

– J'suis pas psychiatre.

Je dévisage le blond aux yeux gris qui me nargue, les bras croisés, le rictus immobile, avec l'arrogance de celui qu'on croit. J'hésite entre mille détails qu'il ne peut pas connaître, lance au flic :

– Demandez-lui le prénom de son père !

– Vous avez dit *son* père, souligne le policier avec un sourire de victoire.

– Franklin Harris, répond-il, né le 15 avril 1924

à Springfield, Missouri, mort le 4 juillet 1979 d'un collapsus cardiovasculaire au Maimonides Medical Center de Brooklyn.

– C'est vrai ? me demande le policier en voyant ma main crispée sur le rebord de la table.

– Que voulez-vous qu'il en sache ? riposte l'autre.

Je crie que ce n'était pas un collapsus cardio-vasculaire, mais une allergie à l'iode.

– ... qui a déclenché un collapsus ! enchaîne-t-il. Qui vous l'a raconté ? Vous avez engagé un détective, c'est ça ?

La mine entendue avec laquelle le policier m'observe soudain me fait perdre pied.

– Attention, ne vous laissez pas influencer : il est en train d'inverser les rôles !

– Mon père est mort des suites d'un collapsus provoqué par une anesthésie à l'iode alors qu'on allait l'opérer d'une occlusion intestinale, récapitule l'inconnu avec une autorité qui m'enlève les mots de la bouche. Il participait à une espèce de pari entre mangeurs de hot-dogs lorsqu'il s'est effondré...

– Ce n'est pas vrai ! Ce n'était pas un pari, c'était le concours annuel organisé par Nathan's pour l'Independance Day ! Mon père l'a gagné trois ans de suite, et il versait la moitié de son prix à l'orphelinat de Coney Island !

Un silence total retombe sur le poste de police. Tout le monde me fixe. J'ai hurlé, hors de moi. Je bredouille une excuse, plonge dans le regard du policier ma sincérité qui ne trompe pas.

– Ecoutez, soupire-t-il, mettez-vous d'accord dans la rue : on a autre chose à faire.

L'imposteur acquiesce, va pour rempocher son passeport. J'emprisonne son bras, le retourne vers moi :

– Et sur quoi je travaille, en ce moment, hein ? Pourquoi je suis en France ?

Son regard n'essaie pas de se dérober, au contraire. Il me fixe, avec une contraction des paupières. Comme un appel, un signe de rapprochement, une demande de trêve. Ou il ignore la nature de mes recherches, ou il tente de me rappeler leur caractère confidentiel.

– Le Pr Paul de Kermeur va téléphoner d'un instant à l'autre, dis-je avec enfin le sentiment de marquer un point.

Il se détourne, prend à témoin notre interlocuteur :

– Lieutenant, cet individu est très bien renseigné, je ne sais pas comment, je ne sais pas si c'est un obsédé ou un escroc, mais qu'il arrête de s'en prendre à nous !

– A « nous » ?

– Il a débarqué chez moi tout à l'heure, en agressant ma femme comme si c'était la sienne.

– *C'est* la mienne !

– Elle ne l'a jamais vu, il l'a appelée par son prénom, elle est très perturbée, elle sort d'une dépression nerveuse...

Le rouquin questionne du regard les deux agents qui confirment. Ils ajoutent que, sinon, tout est en ordre : ils ont vérifié.

– Vous désirez porter plainte pour harcèlement, monsieur ?

Les petits yeux gris me dévisagent sous les mèches blondes. J'essaie d'empêcher ce retournement de situation complètement dément en rappelant les faits, mais le lieutenant de police les résume :

– Monsieur a des papiers au nom de Martin Harris, vous avez perdu les vôtres. Il est marié avec votre femme, elle confirme. Et les voisins leur donnent raison. Vous avez autre chose à ajouter ?

Mes lèvres remuent sans pouvoir émettre un son. Il se tourne vers l'autre, lui demande une nouvelle fois s'il porte plainte contre moi.

– Non, je suis en plein travail, j'ai assez perdu de temps. Je veux bien oublier cette histoire, mais qu'il cesse de nous importuner !

– Vous avez compris ? Vous pouvez remercier

monsieur Harris. Mais si on vous reprend à tourner autour de lui, on vous arrête pour scandale sur la voie publique ! C'est clair ?

Les mots tournent dans ma tête, s'agglomèrent, me clouent au sol. Je n'ai même pas la force de me jeter sur l'inconnu qui dit au revoir et s'en va, les mains dans les poches. Libre. Avec mon passeport. Mon appartement. Ma femme. Un vertige me prend, je me raccroche à la table. Les autres m'ont déjà oublié. Ma plainte a disparu de l'écran. Effacée.

– Ça ne va pas, monsieur ? Vous voulez vous asseoir ?

Je regarde le gros type à carreaux qui est venu me toucher le bras avec une inquiétude sincère. D'où il était, il n'a rien dû comprendre à la scène. Mais il sent que je suis innocent, que je suis victime, comme lui. Il s'identifie, me glisse que lui aussi on va finir par lui dire que si les mômes l'ont volé, c'est qu'il les a provoqués avec son portefeuille.

– Je peux vous aider à quelque chose ?

Je balbutie que je voudrais téléphoner. Il me tend son portable. Une seule personne peut arrêter ce cauchemar – à moins que d'un coup elle ne me reconnaisse plus. Les comportements les plus aberrants finissent par s'inscrire dans une logique, en se répétant. A force d'être nié, je n'en suis même plus à me défendre, à me justifier : je me sens attaqué de l'intérieur, rongé, dissous... Combien de temps survit-on quand on n'existe plus pour personne ?

Je commence à composer le numéro, mais j'ai oublié les quatre derniers chiffres. Je consulte la carte dans ma poche. Avec le sentiment terrible que si ma mémoire s'effaçait, tout rentrerait dans l'ordre.

Le taxi s'arrête au bord du trottoir. La portière passager s'ouvre, je monte.

– Un souci ? demande Muriel en désignant le poste de police.

Je pensais l'attendre à l'intérieur pour qu'elle puisse donner son témoignage, mais ils m'ont carrément flanqué à la porte en me disant d'aller me faire soigner. Je suis resté dix minutes à côté du panneau de stationnement interdit. Personne ne m'a prêté attention, à part le jeune homme qui venait de m'aborder pour me demander du feu. Je faisais semblant de chercher dans mes poches quand le taxi est arrivé.

– Qu'est-ce qui se passe, Martin ?

Je secoue la tête, mords mes lèvres en retenant mes larmes. Un coup de sifflet, sur le trottoir. On lui fait signe de circuler. Après une centaine de mètres, elle me demande où on va.

– Ecoutez, je ne veux pas que vous vous croyiez

obligée... Il m'arrive une chose épouvantable et je me raccroche à vous, je suis désolé, mais... Je suis complètement seul. C'est une histoire hallucinante et personne ne m'écoute...

– Allez-y, je mets le compteur. C'est quoi, le problème ?

Je prends ma respiration, et lui raconte en quelques phrases ce que j'ai vécu depuis qu'elle m'a déposé devant chez moi. On nous klaxonne. Le feu est passé au vert, elle redémarre et va se ranger de l'autre côté du carrefour.

– Attendez, Martin. Ce type raconte qu'il est vous, il a des papiers à votre nom, et votre femme vit avec lui.

– Oui, dis-je avec l'espoir que son ton dynamique va déboucher sur une explication miracle.

– Et personne dans votre immeuble ne vous reconnaît.

– Voilà.

Elle se détourne et gratte un instant son volant avant d'ajouter sur la pointe de la voix, le regard dans le pare-brise :

– Et vous sortez de soixante-douze heures de coma, après un coup sur la tête.

– Quel rapport ? Je suis le même qu'avant l'accident. Vous êtes témoin. Il n'y a que vous qui...

Je m'arrête.

– Moi qui ? m'encourage-t-elle, visiblement prête à accueillir tous les arguments en ma faveur.

La gorge serrée, je fais non de la tête. Mon dernier espoir est tombé en poussière.

– Vous n'êtes témoin de rien. Je ne vous ai dit mon nom qu'à mon réveil. Tout ce que vous savez de moi avant l'accident, c'est que j'allais à Charles-de-Gaulle et que j'étais pressé.

Son silence entérine l'objection que, de toute façon, elle aurait fini par formuler. Je sens très bien qu'elle ne peut croire qu'à une chose, ma sincérité. Et si je perds sa confiance, il ne me reste rien.

– Donc, apparemment, résume-t-elle, vous n'avez aucun moyen de prouver qu'il n'est pas vous.

– Et la conclusion, c'est quoi ? dis-je avec une agressivité que je n'essaie même pas de masquer. Je suis amnésique ? Vous voyez bien que non : je suis le contraire d'un amnésique, je me souviens absolument de *tout* !

– Peut-être que vous croyez vous souvenir... Et que vous avez oublié qui vous êtes en réalité...

Elle a parlé d'une voix très douce, avec les précautions d'usage et la brutalité nécessaire ; la voix qu'on emploie par honnêteté morale et respect humain pour faire comprendre à un malade qu'il est foutu. Puis elle pose la main sur mon bras, et dit pour m'achever avec gentillesse :

– Ça arrive.

– D'accord.

Mon ton froid, déterminé la fait sursauter. Je lui demande de me passer son portable. Elle me regarde composer le numéro qui m'est revenu sans aucun effort.

– Si on retournait à l'hôpital, Martin ? Moi, je vous ai dit mon feeling, une hypothèse comme ça, mais je n'y connais rien. L'équipe de réanimation est peut-être déjà tombée sur des cas de ce genre...

– Bien sûr. On sort du coma et pof ! on se prend pour un autre. Avec ses souvenirs, son métier, son caractère, ses conflits...

– Je ne demande qu'à vous croire, mais je ne peux pas comparer... Vous l'avez dit vous-même : je ne vous connaissais pas *avant*.

– Pour mettre le haut-parleur, je fais quoi ?

Elle appuie sur la touche verte. Une bande enregistrée nous invite à patienter en musique.

– Muriel... Laissez-moi une chance de vous convaincre, là, en deux minutes. Si je ne réussis pas, vous me ramenez à l'hôpital et on m'enferme. OK ?

– Moi, c'est pour vous...

– American Express bonjour, Virginie à votre service.

– Je suis le 4937 084312 75009, validité 06 / 04.

Muriel me fixe avec attention. Je lui rends son regard en retenant mon souffle.

– Bonjour, monsieur Harris.

Spontanément, on se sourit. Elle a l'air aussi rassurée que moi, délivrée d'un coup des doutes légitimes que je lui inspirais. Ça me fait du bien de voir qu'elle est si heureuse que je ne sois pas fou. Elle se sent encore responsable de mon accident, malgré tous les ennuis qu'il lui cause.

– Que puis-je pour vous ? reprend le portable que je tiens entre nous, sur l'accoudoir.

– J'ai perdu ma carte, mademoiselle, je voudrais faire opposition et en recevoir une nouvelle.

– Très bien, monsieur. Vous me permettez de vous poser quelques questions ?

– Allez-y.

Elle me demande mon lieu de naissance, la date, le nom de jeune fille de ma mère. Je réponds d'un ton naturel, dégagé, mécanique.

– Votre résidence principale ?

– 255, Sawmill Lane, Greenwich, Connecticut. Mais je me trouve actuellement à Paris : 1, rue de Duras, dans le huitième...

– C'est parfait. Désirez-vous recevoir votre nouvelle carte à cette adresse ?

– Non, surtout pas !

Mon sursaut a fait tomber le portable, Muriel le ramasse, me le rend.

– A quelle adresse, monsieur ?

Je l'interroge du regard. Elle hésite cinq secondes, articule lentement :

– Bloc Nouméa, cité des Iles, Clichy 92110. Chez Muriel Caradet.

Je répète ses coordonnées en la remerciant d'un plissement de paupières.

– Et voilà, dis-je en posant le téléphone. Pardon de vous mettre à contribution... Dès que j'ai reçu ma carte, je vous invite à dîner dans le meilleur restaurant de Paris.

La chaleur de ma voix la refroidit aussitôt. L'euphorie qu'on a brièvement partagée, tandis que je lui prouvais mon identité tout en coupant les vivres à l'imposteur, laisse la place à une gêne d'un autre ordre. Elle s'imagine peut-être que je la drague. Je me demande comment dissiper le malentendu sans verser dans la muflerie.

– Ça ne prouve rien, Martin.

– Quoi donc ?

– Je veux dire : ça ne prouve pas que vous êtes plus vrai que l'autre. Vous avez pu voir son numéro d'Amex et le mémoriser, comme le reste de son état civil. Ce que vous venez de faire devant moi, je m'excuse, mais ça peut s'appeler aussi escroquerie à la carte de crédit.

J'écarte les mains et les laisse retomber, effondré.

– Comprenez-moi, je ne suis pas en train de vous traiter de menteur. Mais par rapport à la police qui ne vous croit pas, vous en êtes toujours au même point.

Je me laisse aller en arrière, ferme les yeux sur l'appui-tête. Elle ajoute qu'elle regrette, mais que le mieux est quand même de retourner à l'hôpital. Je frappe soudain l'accoudoir.

– Mais pourquoi je ferais ça, merde ? Si mon but c'est de piquer une carte de crédit, pourquoi je ferais ça devant vous ? Alors qu'il me suffit de vous emmener à l'INRA de Bourg-la-Reine, pour vous prouver en cinq minutes que je suis un botaniste connu aux Etats-Unis ! On trouve mes travaux sur Internet, j'ai sûrement ma photo quelque part...

– Eh bien allons-y ! s'énerve-t-elle à son tour. Et si ce n'est pas votre photo, vous direz qu'il a piraté le site...

– Vous avez une autre explication ? lancé-je, furieux qu'elle nous projette à l'avance dans une situation d'échec, furieux qu'elle formule dans l'élan de sa logique une hypothèse que je n'avais même pas envisagée.

– Oui ! Vous avez peut-être lu un reportage sur lui, juste avant l'accident...

– C'est ça, un reportage qui donnait son numéro d'American Express !

– Ecoutez, Martin, je sais plus où j'en suis, moi ! Je veux bien vous aider, mais y a des limites !

– Gare Montparnasse, dit un type en entrant.

Il s'assied sur la banquette, referme la portière. Muriel se retourne, lui dit qu'elle n'est pas libre.

– Il pleut ! répond-il. Ça fait une heure que je poireaute, aucun taxi ne s'arrête ! Je vous en supplie : ne me laissez pas en rade...

– C'est bon, dis-je en ouvrant ma portière. Prêtez-moi juste un euro, que je prenne le bus, je vous le rendrai dès que...

– Vous irez loin avec un euro.

– J'ai mon train dans vingt minutes, s'impatiente le type.

– Je m'en fous ! lui crie Muriel. Je parle ! Restez ici, vous, enchaîne-t-elle en refermant ma portière. D'accord, je vous emmène à Bourg-la-Reine et on le dépose à Montparnasse, c'est sur le chemin.

Le démarrage me plaque au dossier.

– Merci, dit le client.

Tandis qu'elle slalome dans la circulation, il enchaîne les coups de téléphone pour rassurer ses correspondants, repousser l'heure de sa réunion à Nantes si jamais il rate son train. Le rythme de sa voix grasseyante qui répète à chacun la même chose, avec de simples nuances de déférence ou de supériorité, m'isole dans une bulle où j'essaie de faire le vide. Je ferme les yeux, je me laisse aller, je récupère. Entendre exposer avec autant d'énergie d'autres problèmes que les miens, dans leur insignifiance, a quelque chose de réconfortant.

– A part votre site, qu'est-ce qui pourrait me faire changer d'avis ?

Je rouvre les yeux, constate avec amertume qu'un ou deux kilomètres de réflexion ont suffi pour qu'elle rallie la cause adverse.

– Muriel, c'est ma femme qui a tout monté. Je ne trouve pas d'autre explication. Elle a su mon accident, elle a cru que j'étais mort et elle a fait passer son amant pour moi...

– C'était pas plus simple d'être veuve ?

Je ne trouve rien à répondre, et je continue mon raisonnement. Liz a pu m'effacer de sa vie conjugale, imposer son complice aux voisins, mais ça s'arrête là : il ne pourra jamais donner le change à Bourg-la-Reine. Un faux passeport et des souvenirs appris par cœur ne suffisent pas ; on n'improvise pas vingt ans de recherches, d'explorations, de découvertes, on ne peut pas me remplacer professionnellement du jour au lendemain.

– Paul de Kermeur, le confrère qui m'a fait venir en France pour étayer ses thèses avec mes travaux, s'est entretenu des heures avec moi par mail, il connaît toutes mes études sur l'intelligence des plantes : c'est impossible de l'abuser, lui !

– Moins cinq, génial ! se réjouit le type à l'arrière. Je vous dois ?

– Dix-neuf dix, répond Muriel en désignant le compteur qui tournait pour moi.

Il lui donne vingt euros, lui dit de garder la monnaie et fonce dans la gare avec son attaché-case. Elle me tend le billet. Je refuse. Elle me rappelle que je n'ai rien sur moi, précise que je lui rembourserai la course quand j'aurai reçu ma nouvelle carte. Le naturel avec lequel elle vient de reprendre mon parti me désarme. J'empoche le billet.

– Pardon de m'être énervé, Muriel.

Elle sort de la boîte à gants une gaine en plastique gris, descend de voiture. Un petit choc sur le toit. Elle se rassied, me tend son portable.

– Puisque vous avez commencé à faire des dettes, pourquoi vous n'appelez pas en Amérique ? Votre famille, vos amis...

– Mon père est mort, je ne sais pas où est ma mère. A part ma femme, je n'ai que des relations, des collègues... Et il est quatre heures du matin, là-bas.

– Comme vous voudrez, dit-elle en farfouillant derrière son compteur. Mais ça me paraissait le plus simple : vous me passez la personne, je lui donne votre description et je vois si c'est bien vous.

J'avale ma salive, déçu qu'elle ait encore besoin de ce genre de confirmation. Mais elle n'a pas tort. Je lui demande si elle parle anglais.

– Un peu.

– J'appelle Rodney Cole, mon assistant à Yale.

A la troisième tonalité, une voix de synthèse m'informe que la personne ne peut être jointe. Muriel me reprend le portable et l'éteint, avec un soupir.

– Je peux essayer de réveiller quelqu'un d'autre.

– Non, ça va. Maintenant il est en mémoire, je l'appellerai moi-même si j'ai un doute. Comme ça je verrai si vous avez composé un numéro bidon.

Elle redémarre. Je regarde la circulation, tassé dans mon siège. Au bout d'un moment, elle pose la main sur mon genou.

– J'ai envie de vous croire, Martin. Mais je me suis fait tellement avoir, dans ma vie. Quelle rue, à Bourg-la-Reine ?

On entre dans un hall en verre noir, décoré par un yucca en train de mourir au milieu d'un jardin zen.

– Bonjour, dis-je à la réceptionniste.

Elle relève les yeux de son magazine.

– Monsieur ?

– Monsieur Harris.

– Il n'est pas là, c'est de la part ?

Je serre les dents, évite de regarder Muriel, m'efforce de conserver sang-froid, politesse, évidence pour lui répondre :

– C'est moi !

Elle m'étudie, sourcils froncés, comme si elle cherchait dans ses souvenirs.

– Excusez-moi, monsieur, mais je remplace Nicole, je ne connais pas encore tout le monde... Vous êtes ?

– Non, vous ne comprenez pas : c'est *moi* qui suis monsieur...

– Paul de Kermeur est là ? m'interrompt Muriel d'un ton cassant.

– Non, madame, il sera là à partir de quinze heures, lui aussi.

Elle tourne les talons, je la retiens par le coude.

– C'est faux. Il est dans son labo, il fait ses manips le matin tout seul, il ne veut pas qu'on le dérange. Mademoiselle, vous pouvez l'appeler au 63-10, s'il vous plaît ? Vous lui dites que je viens en urgence pour les thynnidées, de la part de Martin Harris.

– Pour les ?

– Thynnidées. C'est une variété de guêpes : il comprendra.

La langue au coin de la bouche, elle presse des touches et glisse dans son micro-casque :

– C'est un monsieur pour les guêpes, monsieur, envoyé par M. Harris. Très bien.

Elle me sourit, me dit d'une voix d'hôtesse de l'air que je peux y aller. Je reste immobile, les orteils recroquevillés dans les mocassins. Elle m'interroge du regard. Je demande :

– C'est en face, je crois ?

– Oui, pardon. Vous ressortez, c'est de l'autre côté, le bâtiment beige marqué U 42. Je vous ouvre la grille.

Tandis qu'on traverse la rue, j'explique à Muriel que le Pr de Kermeur a un statut assez particulier

54

à l'INRA. Beaucoup de ses collègues lui repro-
chent de travailler aux frontières de la génétique,
de la biologie moléculaire et du paranormal. Cela
dit, ils lui en veulent surtout parce qu'il trouve des
choses, ce qui en France paraît incompatible avec
l'état de chercheur.

– Chez nous, il serait à la tête d'un département
d'université, avec une subvention annuelle de cinq
cent mille dollars. Ici, on attend l'âge de sa retraite
en le cachant dans un préfabriqué derrière les
poubelles.

Elle me regarde franchir la grille électrique qui
se referme derrière nous, allonger ma foulée pour
traverser le parking. Je respire, je retrouve mes
marques. Enfin. J'ai beau venir ici pour la première fois, je m'y sens chez moi. Je reconnais le
décor brossé par Kermeur dans ses mails, l'espèce
de cabane de chantier où il s'entête à prouver que
l'ADN des plantes est lié au nombre d'or, et que
toute insertion d'un nouveau gène est une catas-
trophe aux conséquences incalculables. Muriel me
retient sur le seuil du labo.

– Allez-y en douceur. Il travaille déjà avec
l'autre, vous avez entendu. N'entrez pas en
disant : bonjour c'est moi le vrai Martin. Jouez-la
en finesse, laissez-le venir, pour éviter qu'il se
braque.

Je lui souris sous la pluie. Elle m'émeut, avec

55

ses cheveux coupés n'importe comment qui se collent à ses joues creuses et son regard habitué aux problèmes, aux dangers, aux arnaques. Les bouchons, les râleurs, les clients qui draguent, les agressions de nuit, les enfants à surveiller entre deux courses... Elle fait sûrement face à tout et on dirait que rien ne l'atteint. La vitesse avec laquelle elle passe de la méfiance justifiée à la confiance gratuite, du coup de colère à la délicatesse, me touche au-delà des circonstances. C'était une enfant seule, comme moi, qui a dû grandir avec un rêve qu'elle n'a pas réalisé mais qui est resté intact, et qui empêche sa vie de déteindre sur elle. Moi j'ai suivi ma vocation de gamin, sans jamais dévier, j'ai accompli tout ce qui me tenait à cœur et je me trouve complètement démuni devant la trahison, la rupture, le mensonge... Liz a toujours été menteuse. Elle était avocate avant de me connaître, mais sa beauté m'aidait à oublier le reste. Je ne voulais pas voir les fêlures sous le vernis, le déséquilibre derrière la force de caractère, le malentendu caché par les silences, la fragilité que dissimulait une indifférence à toute épreuve. Comme elle a dû me haïr pour en arriver là... Etais-je à ce point obsédé par mes plantes ? Peut-être n'avait-elle que ce moyen pour me signifier qu'elle existe, autonome, disponible, encore jeune, qu'elle ne me supporte plus et que je suis remplaçable.

– On attend d'être trempés ou on entre ?

Je demande pardon à Muriel, j'appuie sur le bouton au-dessus de l'étiquette « Unité 42 ». Un grésillement, la porte s'ouvre.

– Entrez, lance Paul de Kermeur depuis son microscope, sans lever les yeux. Je finis l'observation, j'arrive tout de suite.

Il ressemble assez peu à l'idée que je me faisais de lui, d'après sa carrière et le style rigoureux de ses mails. J'imaginais un mandarin aigri par les persécutions, cheveux ras, psychorigide, lunettes carrées. C'est un petit gris soucieux à queue-de-cheval, en pull marin et pantalon de rappeur.

– Pourquoi Harris m'a-t-il raconté que c'était la goryte, alors, si c'est la thynnidée ?

Je ravale ma réponse. Muriel m'a dit d'y aller progressivement.

– J'en ai fait venir d'Australie ! enchaîne-t-il d'un ton contrarié.

Je confirme que c'est la thynnidée qui pollinise la drakea. Il retire du microscope son œil droit cerclé de rouge.

– La drakea ? On avait dit l'orchidée-marteau !

– C'est la même plante. Elle a été baptisée du nom de miss Drake, la consœur anglaise qui s'est demandé comment elle faisait pour se reproduire, alors que son pollen n'intéresse aucun insecte.

– Elle croyait que c'était le vent, comme Darwin ?

– Ce n'est pas entièrement faux, dans la mesure où le vent l'aide à diffuser les phéromones de la femelle thynnidée.

– Mais ça peut aussi attirer la goryte.

– Non, Paul. Les labelles mimétiques n'attirent que les mâles des espèces appariées. Monogamie qui explique pourquoi les orchidées-marteaux ne font jamais d'hybrides.

Je croise le regard de Muriel qui nous considère tour à tour, les lèvres mordues, les yeux plissés. La jubilation qu'elle affiche en constatant qu'elle a eu raison de me faire confiance lui donne dix ans de moins.

– Mettez pas les sous-titres, surtout, me glisse-t-elle à l'oreille. J'adore.

– Un instant, je contrôle la réaction et je suis à vous, dit mon confrère en replongeant dans son viseur. Asseyez-vous.

J'entraîne Muriel à travers le fatras de dossiers, de câbles électriques, de cages à insectes et d'échantillons de plantes qui s'entassent entre les paillasses et les armoires métalliques. Je lui dégage un coin de chaise, me pose sur une pile de livres.

– La thynnidée et la goryte, donc, ce sont des guêpes ? récapitule Muriel.

Je lui dis d'oublier la goryte : j'ai passé six mois dans le bush australien à prouver la confusion de miss Drake.

– Et ça ressemble à quoi, une thynnidée ?

– A une fourmi. Elle se nourrit des larves de scarabées qui parasitent les racines : elle est donc obligée de vivre sous terre et, du coup, elle a perdu ses ailes qui ne lui servent à rien pour creuser des galeries. Elle ne sort qu'au moment de la reproduction, pour appeler le partenaire en grimpant sur une fleur.

– L'orchidée-marteau.

– Non. Chez les thynnidées, seul le mâle intéresse l'orchidée, parce qu'il a gardé ses ailes. Alors, pour l'attirer, elle a mis au point un stratagème génial : elle lui fabrique l'odeur de sa femelle, avant même que celle-ci ne sorte du sol. Ses phéromones sexuelles, imitées à la perfection, imbibent la colonne de pollen ; le mâle fonce en piqué pour copuler, s'agite en vain et repart bredouille quand il a découvert la supercherie. Bredouille mais tout imprégné du pollen qu'il va transporter vers d'autres fleurs : le tour est joué.

– Quelle salope, cette orchidée.

– L'instinct de survie.

– Et ça vous a pris six mois.

– Ça dure moins d'une seconde. La fausse copulation. Personne ne l'avait jamais observée ni filmée. Ça intéresse Paul de recréer le processus en laboratoire sur une drakea génétiquement modifiée, pour mesurer l'influence de la mutation sur le comportement de la thynnidée.

– Donc le type qui se fait passer pour vous s'est trompé de guêpe.

– Ça prouve une chose : il a lu le dernier numéro de *Nature*, la revue anglaise. Je l'ai feuilleté dans l'avion. Une chercheuse d'Oxford raconte ma découverte sans me citer, et en plus elle confond la goryte avec la thynnidée.

– Tout le monde vous pompe, quoi.

Je lui prends le poignet dans un élan nerveux.

– Vous me croyez, Muriel ?

Elle a un geste vague.

– Je n'ai pas mon bac, le plus loin que j'ai voyagé c'est la Corse, et je suis allergique aux piqûres d'insectes. Alors vous pouvez me raconter ce que vous voulez...

Elle lève la main pour que je la laisse finir sa phrase.

– ... mais je trouve ça rigolo, intéressant, et ça fait vrai. Voilà. Vous êtes un scientifique, c'est clair. Je ne sais pas si vous êtes vous, mais vous êtes ça.

J'avale ma salive, la remercie.

– Vous me faites du bien, Muriel. A force d'être

traité de menteur, on finit par douter de la vérité...
Je ne pensais pas que c'était possible.

– Moi si. Mon mari a inventé tellement de trucs
contre moi pendant le divorce que j'ai mis des
mois à réparer les dégâts. Plus j'essayais de
détromper mes enfants, moins ils me croyaient. A
la fin j'ai été obligée de mentir moi aussi, pour
être crédible. Quand j'ai récupéré ma fille, elle
était au bord du suicide. Ne croyez pas que je me
sente concernée par vos problèmes uniquement
parce que je vous ai flanqué dans la Seine.

J'abaisse les paupières, hoche la tête.

– Donc, vous êtes un ami de Martin, reprend
Paul de Kermeur en venant vers nous.

Regonflé par les paroles de Muriel, je me lève
d'un bond, lui fais face et lui dis non. Elle
m'attrape la main gauche et serre mes doigts pour
que j'y aille en douceur.

– C'est passionnant de travailler avec lui,
enchaîne-t-il sans relever ma réponse.

– Ça fait longtemps ?

– Six jours. Et encore il n'est venu qu'une fois,
il est malade. Une angine, dans l'avion.

– Bien sûr, dis-je avec un regard entendu vers
Muriel. Il est aphone, comme ça il évite de se
trahir en parlant.

– Se trahir ?

Je le dévisage de l'air le plus engageant possible, je lui pose les mains sur les épaules et lui récite le dernier mail que je lui ai envoyé de Yale. Il m'interrompt en pointant le doigt :

– Vous êtes Rodney, son assistant.

– Je suis lui. Enfin, il essaie de se faire passer pour moi.

– Quoi ?

Muriel prend le relais, raconte mon accident, mon réveil, ma sortie d'hôpital, ma découverte d'un inconnu dans mon pyjama. Il l'écoute, sourcils haussés, le front en vagues, se tourne vers moi.

– C'est votre femme ?

– Non, ma femme est avec lui.

Sa queue-de-cheval se défait, il rassemble vivement ses cheveux dans son poing, les tord, les rattache.

– Parce que je l'ai vue, moi, Mme Harris !

– Quand vous lui avez remis les clés de l'appartement au Café des Galeries, précisé-je vivement, pour ne pas lui laisser le temps de douter de moi. Le jour de notre arrivée. Je venais de sauter dans le taxi de madame pour retourner à l'aéroport chercher mon ordinateur... Au fait, Paul, quand vous l'avez vu, il avait un Powerbook ?

– Hein ? Oui, je crois... Attendez, vous voulez dire que je suis en train de travailler avec un imposteur ?

– Vous acceptez de témoigner devant la police ?

62

– Et devant la presse, pendant que vous y êtes ! C'est ça ! Je dilapide l'argent du contribuable en impliquant l'INRA dans un programme d'expériences conjointes avec un imposteur !

Il se laisse tomber sur une caisse, décomposé.

– Mais qui a pu me faire un coup pareil ? Ce n'est quand même pas Topik !

– Topik ?

– Le Prix Nobel. Il m'a accusé de fraude dans *Le Monde*, quand j'ai démontré que les manipulations transgéniques sur le maïs bouleversent le supracode de l'ADN et peuvent causer l'apparition de nouveaux virus. On est fonctionnaires, à l'INRA : ça veut dire qu'il m'accuse de forfaiture. Je lui ai flanqué un procès en diffamation, alors il essaie de me discréditer par tous les moyens... Mais quand même, reprend-il après trois secondes, un ton en dessous. Elle ne tient pas debout, votre idée.

Je lui fais remarquer que c'est la sienne. Il se relève, véhément.

– Enfin, on ne se fait pas passer comme ça pour quelqu'un ! Il y a les papiers, les empreintes digitales... Non ? Quoi, qu'est-ce que j'ai dit ?

– Merci. J'avais oublié les empreintes digitales.

Je glisse à Muriel que j'irai me les faire prendre au consulat, pour qu'ils les comparent : elles sont sûrement enregistrées quelque part aux Etats-Unis.

– Dites donc, fait brusquement Kermeur en me saisissant la manche, et si vous étiez en train de magouiller, *vous*, le remplacement de Martin Harris ?

Muriel intervient pour certifier que c'est l'autre qui a commencé, et puis elle se tourne vers moi, la bouche en biais. Elle vient sans doute de réaliser que tout ce qu'elle sait de mes confrontations avec lui, c'est le récit que je lui en ai fait. Les voir tous deux me fixer comme des poissons en attente de nourriture derrière leur vitre d'aquarium me file un coup de sang.

– Ecoutez, ça ne sert à rien qu'on discute : appelez cet homme, Paul, et faites-le venir ici, angine ou pas – d'abord je l'ai vu il y a une heure, il avait une très bonne voix, il était en pleine forme ! Dites-lui qu'il se passe quelque chose d'important, sans lui parler de moi, surtout, sans éveiller sa méfiance...

– Attendez, attendez... Qu'est-ce qui me prouve que vous n'êtes pas un espion de Monsanto ?

Je reste la bouche ouverte. Muriel lui demande qui c'est.

– La multinationale qui commercialise les OGM, soi-disant pour lutter contre la faim dans le monde, en réalité pour contrôler le marché planétaire avec des graines qu'il faut racheter chaque année !

Il tend l'index vers moi, et lui explique en s'échauffant de phrase en phrase que si je suis envoyé par Monsanto, mon but est d'apprendre où ils en sont, Martin et lui, de leurs expériences sur les dangers des produits transgéniques.

– Vous ne croyez pas qu'on va tout divulguer devant vous, non ? poursuit-il en avançant vers moi. Ça serait trop facile ! Faudra que vos patrons trouvent autre chose pour savoir ce qui les attend !

– Arrêtez, Paul, je sais *tout*, OK ? Je sais tout parce que je suis moi. Si quelqu'un travaille pour Monsanto, c'est le type qui a pris ma place, et c'est peut-être l'explication de tout, vous avez raison...

– Je refuse de prendre le risque ! Sortez d'ici !

– Mais non, écoutez, c'est vous qui avez le contrôle, c'est vous qui allez décider ! Vous nous aurez tous les deux en face de vous, et vous nous confronterez... Vous connaissez la majeure partie de mes travaux : vous verrez bien qui est le bon.

– C'est une histoire de fous, souffle-t-il en s'épongeant le front d'un revers de manche. Je prépare ma communication à l'Académie de médecine, je n'ai pas le temps de...

Il s'immobilise, me fixe et articule lentement :

– A quelle occasion ai-je été alerté par vos travaux ?

– Lorsqu'un tribunal du Wisconsin, dans une

affaire d'assassinat, a jugé recevable le témoignage des plantes. Vous avez lu sur Internet mes conclusions d'expert, la manière dont j'ai été amené à découvrir le coupable, et vous m'avez contacté.

Il croise les bras, lève la main droite, se mord un ongle sans me quitter des yeux.

– Poursuivez.

Je cherche *le* détail qui le fera basculer pour de bon de mon côté, mais je me rends bien compte qu'avec le Net, n'importe qui peut avoir accès à tout. Quand même, les journalistes qui ont couvert le procès ont dû négliger quelques éléments que je suis seul à connaître.

– Il y avait eu un crime dans une serre. Aucun témoin, trois suspects possibles. J'ai proposé au juge de brancher mes électrodes sur les hortensias, et on a fait défiler devant eux douze personnes l'une après l'autre, parmi lesquelles les trois suspects. Brusquement l'aiguille du galvanomètre s'est emballée, en présence du frère de la victime. Non pas que les plantes aient déclenché un signal électrique pour aider la justice, elles s'en foutent, mais les deux hommes s'étaient battus dans la serre, il y avait eu des tiges cassées et l'agresseur réveillait le traumatisme, déclenchait le système d'alerte électrochimique d'un hortensia à l'autre. Sous le choc, l'assassin est passé aux aveux.

J'ai achevé mon récit dans les yeux de Muriel.

– C'est incroyable, murmure-t-elle.

Kermeur lui fait signe de se taire, d'un geste impatient, me lance :

– Qu'est-ce que j'attends de notre collaboration ?

– La preuve de la double contamination. Vous supposez que les plantes transgéniques accélèrent leurs mutations et les communiquent aux plantes normales du voisinage, lesquelles se défendraient par un signal gazeux de nature à augmenter encore la vitesse de mutations incohérentes des OGM.

– Sur quoi je me fonde ?

– Mes expériences sur l'accroissement de la teneur en tanins des feuilles d'acacia, face à l'attaque des antilopes.

– Et en quoi on diverge ?

– Les seules mutations que j'aie observées sont des réponses à des stimuli externes. Mais rien ne me permet de conclure, jusqu'à présent, que l'insertion d'un gène de défense contre la chenille pyrale est dangereuse au point de modifier l'ADN – en revanche j'ai prouvé qu'elle était parfaitement inutile : le maïs sait se défendre tout seul en fabriquant un message gazeux qui attire les prédateurs de la pyrale, mais les pesticides empêchent la diffusion de ce message. Si on supprime OGM et pesticides, on revient à l'autoprotection du maïs, gratuite et sans danger.

– Comment s'appelle mon neveu ?

Je le regarde, désarçonné. Je creuse ma mémoire, fais défiler des listes de prénoms... Le suspense dans les yeux de Muriel et le tic-tac de la pendule murale dégagent une impression dérisoire de jeu télévisé.

– Alors ? s'impatiente-t-il.

– Attendez, proteste Muriel, il a quand même fait un sans-faute sur vos expériences...

– Ça ne prouve rien : il suffit de pirater nos mails et de les apprendre par cœur. C'est le détail intime qui est révélateur, celui auquel on n'attache pas d'importance. Quel est le prénom de mon neveu ?

– Je cherche...

– Je vous ai longuement parlé de lui, pourtant, insiste-t-il d'un air crispé.

– Oui, je sais... Il a treize ans, vous l'avez élevé après l'accident de ses parents, il ne s'entend pas avec votre nouvelle femme, il est nul en maths, excellent en espagnol, il a une petite copine qui s'appelle Charlotte...

– Vous avez retenu tout ça ? s'étonne Kermeur.

La sympathie nouvelle avec laquelle il m'écoute fait monter d'un cran ma tension nerveuse.

– ... un de ses trois hamsters est malade, il le soigne aux antibiotiques, lui-même refuse tout ce qui est homéopathique pour vous faire chier, je vous cite, en ce moment il est en classe de nature en Haute-Savoie, il vous écrit qu'il se bourre d'OGM à tous les repas, mais son prénom, là, non, je suis désolé : je sèche... Qu'est-ce que vous en concluez ? Que je suis un agent de Monsanto ? Un prénom con, c'est tout ce que je me rappelle.

Il décroche son téléphone, compose un numéro scotché au mur. Je m'approche. Le portable a le même préfixe que celui que j'ai perdu dans la Seine. Liz lui a acheté un Mobicarte.

– Martin Harris ? C'est Kermeur, bonjour. J'espère que vous allez mieux, j'ai besoin de vous immédiatement : une inspection administrative des services généraux de l'INRA. Ils veulent votre signature sur l'ordre de mission, et une note d'intention sur la réciprocité des échanges avec Yale. Je vous attends. Il arrive, me dit-il en raccrochant, très neutre, puis il regarde Muriel et enchaîne d'une petite voix triste : Aurélien, c'est joli, non ? C'était le choix de ma sœur.

Une demi-heure est passée. Assis dans un coin du labo avec des plateaux-repas, on écoute les malheurs de Paul de Kermeur en mastiquant du poulet de cantine. J'ai bien essayé de remettre la conversation sur moi, mais il a éludé le sujet

en disant qu'il ne voulait pas que je l'influence :
il devait garder son impartialité pour me confondre. Le mot m'est resté en travers de la gorge.
Comme beaucoup de gens malheureux, Kermeur
a l'égoïsme allégé de tout complexe, un désintérêt
sincère pour les ennuis d'autrui et pas la moindre
conscience d'assommer l'auditoire. Il nous a suc-
cessivement bassinés avec l'agonie de sa sœur,
l'insécurité dans les collèges, l'effet des antibiotiques sur la puberté et la déroute du parti socia-
liste, où il milite en vain depuis vingt ans pour
une augmentation des crédits de recherche. Pas-
sant de l'accablement résigné à la révolte bilieuse,
il enchaîne les phrases avec, semble-t-il, le souci
de ne pas me laisser placer un mot tout en s'empê-
chant de réfléchir. C'est sans doute sa conception
de l'impartialité.

– Ah, le voilà ! s'écrie-t-il en entendant le bour-
donnement électrique.

Il saute sur ses petites jambes, court appuyer
sur le bouton d'ouverture, remonte son pantalon flottant et refait sa queue-de-cheval, comme
si c'était lui qui se préparait à comparaître.
J'échange un regard inquiet avec Muriel, cherche
sa main sous la table. Je ne rencontre que son
genou, qu'elle déplace. Je ne la quitte pas des
yeux. Elle fixe le grand blond qui vient d'entrer,
elle dissimule à peine sa surprise – pour ne pas

dire sa préférence. Je sais que la comparaison ne joue pas en ma faveur : il est aussi rayonnant que je suis terne. Impeccable, élégant, bronzé, robot précis dégageant toute l'assurance qui me fait défaut. Je parais tellement brouillon, à côté de lui... En suivant du coin de l'œil les réactions de Muriel, je sens bien qu'il est meilleur que moi dans le rôle. Il n'a pas besoin d'ouvrir la bouche pour convaincre, lui : il a une tête à s'appeler Martin Harris.

– Alors, attaque le biogénéticien, très sobre, on a un double ?

L'autre s'arrête au milieu des cages, me dévisage en serrant les dents. Je me lève, lentement. J'essuie ma bouche avec la serviette en papier, très calme, installé, maître de la situation. Il se retourne d'une pièce vers Kermeur :

– Je comprends mieux pourquoi vous m'avez appelé. Mlle Pontaut n'était pas au courant de l'inspection...

– Vous avez parlé à Jacqueline Pontaut ?

– Je suis passé à la direction des services généraux, croyant que vous y étiez...

Kermeur blêmit. En deux secondes il a perdu son avantage, son contrôle, son impartialité. Il écoute sans broncher l'autre salaud lui conseiller d'appeler la sécurité : je suis un mythomane qui le poursuit en se prenant pour lui, la police m'a déjà appréhendé mais cette fois il va porter plainte. Kermeur pivote vers moi. Il n'y a plus dans ses yeux que la fureur d'avoir attiré pour rien l'attention des services administratifs.

– Vous êtes content ? me lance-t-il avec un genre de haine.

– Demandez-lui ses diplômes.

Alors je vois l'imposteur perdre pied, pour la première fois. Il prend Kermeur à témoin, au bord de craquer :

– Mais j'en ai marre de sortir mon passeport chaque fois que je tombe sur ce malade ! Ça sera où, la prochaine fois ? Au supermarché, au tennis, chez le dentiste ?

– Répondez, Martin, lui conseille Kermeur, et je n'ai plus d'illusions sur son choix.

– Master of Forestry à l'université de Yale, récite-t-il, directeur de laboratoire depuis 1990 à l'Environmental Science Center, 21, Sachem Street, toujours à Yale ; thèse de doctorat sur les mutations végétales dans le processus de pollinisation ; missions d'exploration botanique en Australie, Malaisie, Amazonie, Afrique du Sud ; quinze publications dont l'étude sur la transmission électrochimique lors des prédations herbivores... Ça vous suffit ?

– Pourquoi les antilopes meurent-elles de faim

dans les parcs naturels ? lui lance Kermeur en saisissant la perche.

– Parce que les végétaux qu'elles broutent
émettent un message gazeux qui rend la flore
toxique à six mètres à la ronde.

– Quel gaz ?

– L'éthylène. Si les antilopes n'ont pas de ter-
ritoire assez vaste pour contrer cette réaction en
chaîne, elles se laisseront mourir de faim plutôt
que de s'empoisonner !

– Alors ? jette Kermeur en se tournant vers moi
avec une arrogance d'arbitre.

Je hausse les épaules. Je l'ai prouvé dans cinq
pays, comme j'ai démontré la manière dont certains prédateurs anticipent la riposte, à l'image de
la coccinelle des courges qui, au Mexique, dévore
chaque jour une feuille à six mètres cinquante de
son précédent repas – il suffit d'avoir lu mes arti-
cles pour le savoir. J'ajoute qu'il ferait mieux de
nous tester sur une découverte qui n'a pas encore
été publiée. Du tac au tac, il me demande quel
changement d'acides aminés provoquent les OGM
dans la séquence fonctionnelle du gène. Je n'en
sais rien. Il se tourne vers l'autre, qui l'ignore
également et lui fait observer que c'est son
domaine à lui.

– C'est vrai, excusez-moi. Comment s'appelle
mon neveu ?

– Aurélien.

Brûlant l'intermédiaire, je demande à l'imposteur quelle est la guêpe qui pollinise l'orchidée-marteau.

– La goryte. Plus exactement le mâle goryte.

Je corrige son erreur, lui balance au visage les références de mes publications. Sans se démonter, il glisse à Kermeur que goryte et thynnidée sont deux variétés de la même guêpe. Suffoqué par son culot, je nie cette assertion ridicule, mais il riposte en m'accusant de détourner le sujet vers les insectes pour dissimuler mes lacunes en botanique.

– Très bien, alors quelle est la caractéristique de l'acacia cornigera ?

– Il loge des colonies de fourmis et sécrète au bout de ses feuilles une bouillie spéciale pour leurs bébés, protéines et corps gras, moyennant quoi les fourmis le défendent contre tous les agresseurs et le nourrissent à leur tour avec des larves d'insectes. Comment l'ai-je prouvé ? enchaîne-t-il.

– J'ai rendu les larves radioactives pour suivre leur absorption par les tissus de l'acacia. Quand ça ?

– Juin 96. Comment les plantes grimpantes font-elles pour s'orienter vers un tuteur ?

– Ça, vous ne pouvez pas le savoir : je n'ai rien divulgué, j'en suis au stade de l'observation...

– Preuve que vous ignorez mes expériences en cours, ricane-t-il.

– Sur le bignonia du Chili ? Ses vrilles possèdent des papilles qui émettent...

– ... qui *émettraient* des hormones gazeuses...

– ... avec un reflux censé rapporter aux papilles l'information sur l'emplacement du support.

– Quelles sont les dernières régions forestières en Malaisie qui n'ont pas encore été déboisées ?

– Sungai Ureu, Sungai Batu, Ulu Magoh. Je milite avec les habitants nomades de ces régions pour essayer de sauver leur espace vital. Que m'a répondu le gouvernement ?

– Qu'ils doivent changer leur mode de vie pour ne plus être dépendants de la forêt : c'est un service à leur rendre.

On reprend notre souffle en se mesurant du regard. Les deux autres ont suivi l'affrontement comme un match de tennis. Ils se consultent en silence. Ça m'arrache le cœur, mais s'il ne s'agissait pas de moi, je serais obligé de reconnaître qu'on est à égalité. Jamais Liz n'aurait pu briefer son amant de la sorte. Elle ne connaît rien en botanique, elle s'en fout : l'hypothèse qu'elle ait pu me fabriquer un alter ego à titre de représailles vient de s'effondrer. Ce type est aussi authentique

que moi, il a suivi la même formation et connaît à fond tous les sujets que je traite. Il m'a fallu des dizaines d'années pour apprendre ce que je sais : comment a-t-il pu en six jours sortir du néant avec un tel bagage ? A moins d'imaginer que mon remplacement était déjà programmé, qu'un trust agroalimentaire aussi puissant que Monsanto a mis au point ce moyen de contrer mon alliance avec Paul de Kermeur, d'enrayer notre combat pour obtenir l'interdiction des OGM.

– Comment vous est venue votre passion des plantes ? interroge Kermeur à la cantonade.

On répond en se chevauchant qu'on est nés à Orlando et que papa était jardinier à Disneyworld : on a grandi dans un gigantesque terrain de jeu où la nature était la plus forte des attractions. Je lance soudain :

– Quelle est la première chose qu'il nous ait apprise ?

Je n'en reviens pas de ce que je viens de dire : voilà que je lui parle comme si on était jumeaux. Il se tait, me fixe avec l'air de chercher la réponse dans mes yeux.

– A aimer les couleuvres, finit-il par murmurer. Pour éviter d'asphyxier les plantes.

– Pourquoi ? lui demande Muriel.

J'ai une boule dans la gorge. Il précise, avec les mots dont je me serais servi, que les couleuvres mangent les larves de moustiques, ce qui permet de diminuer les traitements insecticides qui empêchent la respiration des feuilles. Je revois papa me faire caresser mon premier serpent, dans les massifs d'hibiscus et de bambous géants du Polynesian Hotel. Je le revois tailler sans fin des Mickey dans le buis, des Blanche-Neige en aubépine, des Donald en troène. Je le revois devant sa création personnelle, les balais enchantés de *Fantasia* déversant au bout de leurs bras en lierre des seaux de myosotis courant sur les pelouses du Magic Kingdom, une composition qui lui avait valu le titre d'Employé du Mois. Et puis je le revois maigrir, se laisser aller après le départ de maman, se mettre à boire et ne plus se raser jusqu'à être viré par Disney. Je nous revois partir pour Brooklyn, chez une vieille cousine qui voulait bien nous loger, près de l'océan. Je le revois s'ensabler d'année en année, gardien du grand-huit à Coney Island, je revois la honte dans ses yeux de l'autre côté de la table, moi derrière mes livres d'école et lui derrière ses bières. La double honte : celle du spectacle qu'il me donne et celle qu'il croit m'inspirer devant les autres. J'ai beau lui dire sur tous les tons que je l'aime, et que je suis fier de lui chaque année quand il gagne le Nathan's Hot Dog Eating Contest, il n'en démordra pas. Jusqu'au jour où il tombera foudroyé en terminant sa quatorzième saucisse à la centième seconde, battant son propre record à titre posthume – trois jours avant que je reçoive la lettre de Yale m'acceptant comme boursier, son dernier rêve sur terre... Tous ces moments qui me remontent à la gorge tandis que l'autre les relate, sans répit, comme autant de preuves à son actif. C'est affreux. L'impression que ma vie sort de la bouche de ce type. La sensation que tout ce que je sais, tout ce que j'éprouve est projeté hors de moi, transvasé dans un homme plus brillant, plus ouvert, plus neuf, comme on verse un vin dans une carafe pour le décanter, et au fond de la bouteille il ne reste plus qu'un dépôt trouble.

Une femme entre avec un dossier, demande des explications. Ils lui en donnent. Ils ne s'occupent plus de moi. Je me sens vidé. Mon enfance, mes travaux, mes souvenirs... Il en sait autant que moi. Sauf qu'il a un passeport qui prouve ce qu'il avance. Et Liz l'a choisi. A quoi bon résister, vouloir convaincre ? J'ai mal au bras, à la tête. Je n'ai plus la force de me débattre.

– Aidez-moi, vite ! crie Muriel.

Dans un brouillard qui tourne, je me sens soulevé, transporté.

– Vous voulez que j'appelle un médecin ?

– Ça ira, merci... Aidez-moi juste à le porter dans le taxi. Je le ramène à l'hôpital.

– A l'hôpital ?

– Je vous disais bien que c'était un psychopathe, Paul ! Le genre qui se greffe sur vous, qui fait tout comme vous, qui veut la même voiture, le même métier, la même femme...

– Mais tout de même, Martin, il a dit des choses...

– Moi je ne comprends pas qu'on les laisse sortir !

– Mlle Pontaut a parfaitement raison : ils peuvent devenir violents.

– Méfiez-vous, monsieur Harris ! C'est déjà arrivé, dans le journal : des gens tellement envieux des autres qu'un jour ils les tuent pour prendre leur place...

Le reste se perd dans les chocs du transport. Oublier. Retourner dans le coma. C'est tout ce que je veux. Etre seul. Etre vrai. Etre moi.

L'hôpital est tranquille, assoupi autour de son jardin dénudé comme je l'ai quitté ce matin. La plupart des pavillons sont fermés, regroupés ailleurs dans une structure plus moderne, moins humaine. Muriel ajoute qu'elle a passé l'été 98 dans ce jardin, sous la fenêtre où l'on soignait sa fille. Il y a dans sa voix la même nostalgie que si elle racontait la maison de vacances qu'elle est obligée de vendre. J'écoute, je hoche la tête, je ne dis rien, je fais comme si j'étais normal, comme si j'étais docile, comme si j'allais guérir.

Prévenu par téléphone, le neuropsychiatre nous attend. Je tiens à passer d'abord au service comptabilité pour prouver que je suis solvable, donner mes références American Express, expliquer ma situation. Gentiment, l'employée me répond qu'il n'y a aucune urgence. Ils sont tous persuadés que je vais rester longtemps. C'est la seule solution au problème que je pose. Martin Harris ne peut pas vivre en double. Il existe sans moi ; je n'ai qu'à me rendormir.

– Rappelez-vous ce que je vous ai dit dans la voiture, Martin.

J'acquiesce. Elle m'a dit tant de choses. Elle est sûre que je suis le bon ; l'autre lui a donné un vrai malaise, l'impression d'être un produit fabriqué, de répéter sans âme des connaissances apprises par cœur, tandis que moi je l'ai émue à chaque phrase, et plus encore à travers mes silences, pendant qu'il débitait son rôle. Elle est certaine que je suis encore sous le coup de la réaction au vaccin antitétanique ; mon vertige de tout à l'heure n'a aucune gravité, le médecin va me rassurer et, si le cœur m'en dit, j'ai son adresse : elle rajoutera un couvert au dîner, elle sera contente que je connaisse ses enfants. Elle parlait lentement, répétait les mêmes mots au fil des rues. Elle avait l'air sincère, mais c'était pour que je me laisse ramener sagement ici et qu'on m'interne. Elle m'embrasse sur les joues.

– A ce soir ?

– Si tout va bien. Merci.

– Tout ira bien. J'ai une totale confiance : c'est un mec formidable. Il a sauvé ma fille.

Elle s'en va très vite. Je reste debout dans la salle d'attente, les yeux fixés sur son taxi qui manœuvre. Je ne la reverrai plus. Je ne sortirai pas d'ici.

– Monsieur Harris ?

Je marque un temps, me retourne pour dire oui. La secrétaire me conduit jusqu'au bureau du vieux monsieur à tête de mouton qui souriait avec sérénité quand je suis sorti du coma. Je n'oublie pas sa phrase d'accueil, les premiers mots de ma deuxième vie : « Alors... quoi de neuf ? »

– Ravi de vous voir en pleine forme, monsieur Harris.

Je lâche sa main. Il est myope, il fait de l'humour ou il s'entraîne à mentir.

– Pour le petit vertige dont m'a parlé Mme Caradet au téléphone, ne vous inquiétez pas : elle a raison, c'est une réaction classique dans votre état. Vous avez consommé de l'alcool ?

Je dis non.

– Abstenez-vous jusqu'à ce soir, et demain il n'y paraîtra plus.

Il m'étudie en silence, le sourire immobile, comme un artiste qui admire son œuvre.

– Alors... de quoi voulez-vous que nous parlions ?

Je baisse les yeux, regarde une tache d'encre sur le tapis.

– Quelque chose vous préoccupe ? Je suis là pour tout entendre, monsieur Harris.

Sa voix chaude et morne doit pousser les gens aux confidences : il a tellement l'air de s'ennuyer tout seul. Après avoir écouté mon silence une dizaine de secondes, il enchaîne comme s'il me répondait :

– D'un autre côté, c'est très bien d'être allé affronter la réalité extérieure, même si c'était un peu prématuré. Vous êtes marqué sortant, mais, le temps que votre cerveau élimine le trop-plein de glutamate, je vous conseille de rester tranquille chez vous deux ou trois jours.

– Je n'ai plus de chez-moi.

A peine un tressaillement. Son nez pique vers le sous-main en cuir vert où est posée ma fiche, sur le dossier médical Harris Martin.

– C'est-à-dire ? En arrivant à votre appartement, vous ne vous êtes pas... reconnu ?

– Voilà. Vous pouvez faire quelque chose ? dis-je avec une bouffée de rancune.

– Un petit problème de mémoire ?

– Un excès, au contraire. Trop de mémoire pour deux.

Plus il est aimable, plus j'ai envie de l'agresser. Il déplace un presse-papiers, se laisse aller en arrière.

– Je vous écoute.

Alors je raconte ma situation, une fois de plus. Mais là, je l'expose de manière à passer pour un mythomane pas dupe. Et j'en rajoute, comme si je lui en voulais de m'avoir ramené à la vie dans la peau d'un autre.

Il a cessé de sourire. Il se lève, contourne son bureau, vient s'asseoir sur le fauteuil à côté de moi. Il réduit la distance ; on oublie le médecin, on va se parler d'homme à homme. Je serre dans mes poings une violence que je ne reconnais pas.

– Ça existe, monsieur Harris.

– Quoi, « ça existe » ?

– Ce genre de transfert. Je vais être brutal, ajoute-t-il de plus en plus serein. Je peux ?

Il joint les doigts devant son nez, en appui sur l'accoudoir gauche, tout tordu pour me faire face.

– Peut-être que vous *croyez* ne pas être amnésique. L'amnésie ne signifie pas toujours la perte de la mémoire, cher monsieur. C'est plus complexe. Elle peut signifier aussi le refus de renouer le fil.

– Quel fil ?

Il déglutit, caresse l'acier de son bracelet-montre.

– Le coma est une *terra incognita* fascinante, sur laquelle nous ne possédons que des données théoriques, des évaluations, des échelles. Si je vous dis que vous étiez noté 4 sur 11 au test de Glasgow, ou que je vous indique la mesure de vos potentiels évoqués, vous ne serez guère plus avancé, et moi non plus, maintenant que vous en êtes sorti. Nous tâtonnons, nous constatons, nous classifions, mais nous ne savons quasiment rien. Ou alors seulement en écoutant nos patients. Vous êtes à peu près le deux centième que je ramène à la surface – que j'accueille, dirons-nous. Et je crois que j'ai rencontré tous les cas de figure : la confusion, la prostration, l'exubérance ; les récits aux frontières de la mort avec le tunnel de lumière et les anges, le détail de tout ce qui s'était dit autour du lit et que le patient avait parfaitement capté, le syndrome de Korsakoff qui efface les souvenirs douloureux, les lésions irréversibles ou non, la perte complète ou partielle de l'identité, la récupération immédiate ou étalée sur des années...

Devenu flou, son regard me traverse.

– L'un des cas les plus intéressants, six semaines avant vous, était celui d'un jeune homme qui avait parfaitement recouvré toutes ses facultés, sauf une. La politesse sociale. Quand une visite l'ennuyait, il le disait. Quand une personne sentait la transpiration, il le lui signalait. Si quelqu'un était laid, il lui en faisait la remarque. A chaque membre de sa famille, il disait la vérité de ses sentiments, ce qui a causé des drames effroyables. Et impossible de lui faire comprendre que socialement on est tout le temps obligé de mentir. Il trouvait ça absurde, inadmissible, voire cocasse, un peu comme si on lui avait exposé la nécessité morale d'uriner sur les gens qu'on rencontre. Non seulement l'empreinte avait disparu, mais la logique avait rempli l'espace.

– Quel rapport avec moi ?

– Ce jeune homme, dans son existence précédant le coma, avait beaucoup souffert d'autocensure. Enfance brimée, pensionnat religieux, caractère introverti, homosexualité refoulée, formation de diplomate...

– Je répète ma question.

– C'était pour vous faire mesurer le travail occulte et, je le redis, *logique*, qui peut s'exercer durant une phase de coma profond, où le cerveau fonctionne à plein rendement, nous sommes de plus en plus nombreux à le croire, simplement déconnecté de sa relation habituelle avec le monde ambiant. Dans votre cas, imaginons par exemple que vous soyez amoureux fou d'une femme prénommée Liz. Vous la courtisez, vous la suivez, elle vous obsède, vous savez presque tout sur elle. Mais elle est mariée, heureuse en ménage, elle vous l'explique en toute certitude et sincérité : elle vous repousse en ne vous laissant aucune chance. Au contraire, elle vous minore, vous dévalue en invoquant sans cesse l'image castratrice de son mari. Ce mari qui, par ailleurs, est un homme brillant, socialement désirable, physiquement supérieur... Quel devient alors le rêve impossible de votre vie ? Etre lui, à sa place, marié à cette personne aimante et comblée. Or le coma s'apparente parfois à une sorte de laboratoire du rêve : il rend possible, authentique et réalisable ce qui, en conditions normales de fonctionnement, relevait d'une simple chimère. Vous me suivez ? Tout ce que vous avez appris sur cet homme, tout ce que vous avez soupçonné, senti par empathie, déduit, extrapolé devient *vrai*, devient *vous*. A votre réveil, vous êtes convaincu d'être lui. Et l'indésirable, le précédent vous-même, est refoulé dans l'inconscient, incarcéré, détruit.

Je l'ai écouté, les jambes croisées, tétanisé.

– Mais attendez... Ce n'est pas trois ou quatre renseignements que j'ai dans la tête : c'est une mémoire complète !

Il sourit en baissant les paupières :

– Normal : c'est à cause du glutamate. Lorsque le cerveau est privé d'oxygène, il libère en quantité massive ce neuromédiateur qui a un rôle clé dans la gestion des souvenirs : c'est lui qui favorise la transmission synaptique... D'où votre illusion aujourd'hui de posséder la « mémoire complète » de l'homme sur lequel vous avez effectué un transfert.

– Mais une mémoire, ça ne s'invente pas ! Glutamate ou non, je ne me suis pas transféré dans ce type : j'ai vécu sa vie ! Toute sa vie ! L'enfance, les études, les expériences professionnelles, les deuils, la vie conjugale... Mille détails plus révélateurs les uns que les autres ! Comment voulez-vous que je sache tout ça ?

Il prend une longue inspiration, se relève et va jusqu'à sa fenêtre, écarte le rideau qui donne sur un mur.

– Là, cher monsieur, nous quittons le domaine du rationnel. Tout ce que je peux vous répondre, c'est qu'il y a des exemples, et j'en ai moi-même rencontré, mais cela ne devrait pas se dire au sein d'un établissement comme celui-ci. Je vous en parle donc à titre privé, en vous laissant seul juge de phénomènes que la médecine officielle continue de trouver parfaitement irrecevables.

Il se retourne, s'adosse à la bibliothèque, les doigts serrant le pan du rideau. Un rayon de soleil se faufile sur le parquet, entre les nuages.

– Où voulez-vous en venir, docteur ?

– Disons que l'esprit, pour assembler les éléments de la fable qu'il construit, va se servir.

– Pardon ?

– Notre cerveau est composé de matière et d'énergie, d'accord ? De tissus organiques et d'ondes qui n'interagissent pas forcément en vase clos. Ce que j'essaie de vous dire...

– C'est que j'ai vidé à distance la mémoire de ce type.

– Vidé, non, puisque vous me dites que vous êtes à égalité de souvenirs. Scanné, plutôt. L'original est toujours à sa place, mais le double est en vous.

Je déglutis, fixe les reflets qui jouent dans les rideaux.

– Docteur, il y a une chose dont je ne vous ai pas parlé, à mon réveil. J'ai eu... J'ai l'impression d'avoir eu...

Il me laisse mariner quelques instants dans mes points de suspension, termine ma phrase :

– Une EMI. C'est ça ?

Je reviens dans son regard.

– Qu'est-ce que c'est ?

– Une Expérience de mort imminente – la traduction française de la Near Death Experience. Vous êtes sorti de votre corps, vous l'avez vu en contrebas, vous vous êtes senti attiré dans un tunnel par un grand courant d'amour et de bien-être... Alors une forme lumineuse vous a fait comprendre que votre heure n'était pas encore venue et qu'il fallait réintégrer votre corps.

Je le dévisage, crispé sur mes accoudoirs.

– Comment le savez-vous ?

– Les statistiques. Trente-cinq pour cent de mes patients relatent ce genre d'expérience.

C'est une simple hallucination chimique, provoquée par l'asphyxie du cerveau et la décharge de glutamate qui s'ensuit. Or le trop-plein de glutamate provoque un excès d'échanges synaptiques : trop de portes s'ouvrent à la surface des neurones, ces portes qu'on appelle les récepteurs NMDA. Conséquence : une surproduction de calcium envahit alors le neurone et provoque sa mort. Le cerveau doit donc fabriquer d'urgence une substance pour bloquer les récepteurs NMDA – en l'occurrence la kétamine, un anesthésique dissociatif qui vous donne la sensation de quitter votre corps, de planer dans l'air, de voir des formes et des lumières. C'est parfaitement normal.

Son sourire rassurant m'emplit d'un mélange de rancœur et de déception. Il débouche son stylo, fronce les sourcils, essuie la plume sur son buvard. Je revois la silhouette de mon père flottant dans la blancheur du tunnel, cette lumière intense et qui pourtant n'avait rien d'aveuglant. Mon père dans sa tenue de jardinier, revenu au temps de sa jeunesse, magnifique et joyeux, me disant doucement, sans ouvrir les lèvres : *N'aie pas peur, Martin, retourne dans ton corps. Tu auras une deuxième existence. Toi seul vas décider ce que tu en feras.*

– Il en résulte qu'à votre réveil, les effets dopants du glutamate sur la mémoire sont d'autant plus forts que la kétamine hallucinogène vous a déconnecté du réel. Le scénario que vous vous êtes construit pendant votre coma a ainsi une charge de vérité plus forte que toutes les informations contradictoires que vous pouvez recevoir à présent. Je ne suis donc pas étonné que vous refusiez d'adhérer à la version que je vous donne.

– Mais si vous ne croyez pas aux EMI, pourquoi croyez-vous à la télépathie, aux ondes cérébrales qui vont pirater le cerveau des autres ?

– Je n'y crois pas. Mais je voulais que vous me parliez de votre EMI. Le fait de verbaliser l'hallucination est un progrès considérable, pour une première séance.

Son téléphone sonne, il décroche, écoute en fronçant les sourcils.

– J'arrive.

Il raccroche, soucieux, me dit qu'il est désolé mais que c'est une urgence.

– Et je deviens quoi, moi ? Vous me rendormez, vous me nettoyez le cerveau, et je me réveillerai comme j'étais avant ?

Il glisse son stylo dans sa poche intérieure, se ravise et le ressort pour écrire sur son bloc d'ordonnances.

– Je ne vois pas en quoi un coma toxique provoqué pourrait changer quoi que ce soit, marmonne-t-il en notant. Vous êtes libre à dîner ?

J'aimerais poursuivre cette conversation. J'ai à vous dire d'autres choses dont je ne peux décemment pas faire état dans ce lieu.

Il barre son en-tête, arrache la feuille du bloc, me la tend.

– C'est à `quarante minutes de Paris. Vous pouvez venir avec Mme Caradet, si vous le souhaitez.

Je regarde l'adresse, plie le papier.

– Vous invitez toujours vos patients à la campagne ?

– Ramasser les feuilles mortes est une excellente thérapie. Non, sérieusement, vous êtes une énigme pour moi, monsieur Harris. Quand je tombe sur un cas sortant du schéma habituel, je le résous ou j'écris dessus.

Il désigne le rayon inférieur de sa bibliothèque, rempli de livres qui portent son nom.

– En quarante ans de carrière, jamais je n'ai vu quelqu'un remonter du coma avec autant de... lucidité immédiate, de maîtrise de soi... Autant de fraîcheur, si vous me permettez ce mot. L'explication que je vous ai proposée n'est qu'une hypothèse d'école. Mais si vous l'examinez à tête reposée, si vous analysez la part de fantasme qui peut composer votre identité actuelle telle que vous la percevez, à la lumière de vos sentiments pour cet alter ego que vous avez eu trois fois en face de vous depuis ce matin, alors vous pourrez peut-être réveiller en vous *l'autre voix*. Celle que vous ne vouliez plus entendre.

– Docteur. Concrètement, je suis fou ?

Il me dévisage avec une amorce de sourire.

– Je vous dis à ce soir. Prévoyez des bottes, c'est humide.

Il sort, sans m'inviter à quitter les lieux. Peut-être qu'il pense par là me témoigner sa confiance. Ou qu'il veut me laisser seul avec ses livres, pour que je fasse plus ample connaissance. J'en prends un, le retourne, parcours le résumé, les extraits de presse qui surmontent sa photo. Dr Jérôme Farge, *Qui dois-je être ?* Sous-titre : *Evaluation neuro-physiologique de la conscience-noyau dans les troubles identitaires post-comateux*. Ça n'a pas l'air d'être un charlot, mais rien de ce qu'il m'a raconté n'a éveillé d'écho. Je me sens Martin Harris, de toutes mes fibres, de toutes mes forces, et encore plus depuis que j'ai essayé de ne plus l'être. Loyalement, en lui exposant ma situation, j'ai tenté de donner raison à ceux qui me nient. Ça ne tient pas debout. Ma réalité intérieure est la plus forte – ou mon « laboratoire du rêve », comme il dit. Je souris à l'image de mes ondes cérébrales partant cloner celles du mari de Liz. Mais j'ai beau réfuter une théorie à laquelle le Dr Farge lui-même avoue n'accorder aucun crédit, j'ai passé trop de temps à étudier la télépathie chez les plantes pour demeurer tout à fait sourd à cette éventualité. Simplement, il faut l'envisager dans l'autre sens : j'aurais communiqué durant mon coma, pour une raison que je commence à entrevoir, le contenu de ma mémoire à l'amant d'Elizabeth. C'est vrai que j'étouffais avec elle, depuis sa dépression, que je regardais de plus en plus les autres femmes mais que je me refusais à la quitter, même si elle n'était plus elle-même. C'est vrai que j'ai accepté ce travail en France pour qu'on sorte de notre mouroir de Greenwich où elle ne voulait plus voir personne – et surtout pour respirer tout seul hors du cercle habituel. C'est vrai que je faisais souvent le même rêve, depuis des mois. Je me regardais par la fenêtre du salon : je me voyais chez moi avec Liz, et en même temps je me trouvais à l'extérieur, dédoublé, libre d'aller aimer d'autres femmes sans l'abandonner, sans laisser de vide... Mais ça n'a pas de sens. Si on me demande ce que je veux, là, réellement, depuis ce matin, c'est reprendre ma place, chasser l'intrus. Qu'importe le malaise avec Liz, j'ai trop à faire dans ma vie pour la céder à un squatter. Lequel, apparemment, tient à mon identité avec une énergie égale.

L'autre explication possible, évidemment, est celle qu'a émise mon confrère de l'INRA. Qui peut avoir intérêt à me discréditer, à m'empêcher de poursuivre mes recherches, à me retirer de la circulation, sinon les trusts OGM auxquels je m'attaque en soutenant les travaux de Kermeur ? Cela dit, leurs enjeux sont énormes et ils ne sont pas suicidaires : fabriquer un autre moi-même avec des faux papiers, même en achetant la complicité de ma femme, ça ne peut marcher qu'un jour ou deux – sauf si je disparais pour de bon. Rien ne prouve, après tout, que mon accident n'était pas une tentative de meurtre. A moins que leur but soit simplement que je perde la tête face à l'absurde. Que je me cogne contre les murs jusqu'à devenir dingue, jusqu'à me détruire comme un papillon de nuit contre une vitre éclairée. Que je me coupe de mon milieu, que je m'aliène par mon attitude même la confiance de Kermeur, lequel choisira – comme c'est déjà certainement le cas – de s'appuyer sur les travaux d'un imposteur qui va le rouler dans la farine, le neutraliser par des conclusions erronées qui le discréditeront à son tour.

Il y a quand même un problème. Je veux bien admettre que Monsanto ou d'autres aient les raisons et les moyens suffisants pour faire entrer ma vie dans la tête d'un autre, mais comment savent-ils tous ces détails intimes sur moi ? Les couleuvres de papa, ses concours de hot-dogs... Je n'en ai jamais parlé à quiconque, même pas à Liz.

Sommes-nous à ce point fichés, dès l'enfance ? Et qui manœuvre les tiroirs de ce fichier ?

Je me raccroche à la bibliothèque, tétanisé par l'idée qui m'est venue d'un coup. Et si le psychiatre avait raison ? Si c'était moi, le faux, le remplaçant programmé ? Si c'était moi qui devais passer pour Martin Harris, et que le coma m'ait fait perdre la mémoire de mon imposture ? Je cherche un miroir, les mains tremblantes, ouvre un placard et me regarde dans la glace en pied. L'hypothèse ne mène à rien, je le sais bien, mais le fait même de l'avoir envisagée a modifié quelque chose en moi. On ne se fait pas jeter par tout le monde sans conséquences. On ne se sent pas impunément renié, livré au doute et à la suspicion sans que ça éveille une dureté, un élan de rage et de solitude haineuse. J'ai essayé de convaincre par tous les moyens : la sincérité, la raison, la compétence, la corde sensible – il ne me reste plus que la force. Je suis en état de légitime défense, et je veux la peau de celui qui a pris ma place. Je veux sa mort. Je le sens. La femme de l'INRA était dans le vrai, tout à l'heure : la seule issue logique à notre situation est d'éliminer celui qui est en trop. J'ignore à quel degré de violence il est arrivé de son côté, en ce moment, mais si c'était lui, là, dans la glace, devant moi, je le tuerais.

Je referme la porte du placard, glisse le livre dans la poche de mon imper, rencontre le billet de vingt euros. J'en ai marre d'être fripé dans ces vêtements qui sentent la vase et l'hôpital. Il faut que je me change, mais j'ai à peine de quoi me payer des chaussettes. Je cherche autour de moi ce qui pourrait avoir de la valeur. Rien à part une statuette de Diane chasseresse, l'arc bandé sur sa flèche en bronze, avec laquelle je me vois mal quitter le bureau. Délicatement, j'arrache une dizaine de feuilles au bloc d'ordonnances, et les glisse dans ma poche intérieure avant de sortir.

Deux infirmiers qui discutent dans le couloir me saluent de la tête en me croisant. Je leur réponds d'un air cordial. Quand même, je les trouve un peu légers de laisser en liberté un homme comme moi.

J'ai tout perdu, sauf la mémoire. Il m'a volé ma femme, mon travail et mon nom. Je suis le seul à savoir qu'il n'est pas moi : j'en suis la preuve vivante. Mais pour combien de temps ? Je suis en danger, monsieur. Et vous êtes mon dernier espoir.

Une porte s'ouvre, la secrétaire raccompagne un client. Je rassemble les phrases que j'ai préparées, je me lève. Elle revient dans la salle d'attente, me désigne la porte qu'elle referme derrière moi.

Je m'attendais à un petit fouineur avec un veston pied-de-poule et le regard en biais, ou un gros transpirant à l'œil noyé de bourbon : les stéréotypes associés au métier. C'est un long chauve en polo noir avec des boots et un piercing.

– Je ne fais pas l'adultère, me précise-t-il d'emblée. Uniquement la recherche d'informations commerciales, industrielles ou successorales, et la vérification de renseignements d'ordre personnel.

Je lui confirme que je l'ai choisi dans cette optique. Il m'indique la chaise en face de son bureau. J'ajoute que c'est la première fois que je m'adresse à un détective privé. Il répond qu'on dit « agent de recherche ».

– C'est à quel sujet ?

– Moi.

Je vais pour lancer l'appel au secours que j'ai mis au point dans la salle d'attente, mais son quant-à-soi et son look de décorateur froid me font choisir la sobriété.

– Je suis citoyen américain, j'ai perdu mes papiers et on en profite pour essayer de me voler mon identité. J'ai lu dans votre encadré publicitaire que vous aviez des enquêteurs aux Etats-Unis.

– Des correspondants, oui.

– J'ai besoin de prouver qui je suis, de toute urgence, pour confondre l'imposteur qui se fait passer pour moi.

– Vous avez une idée de mes tarifs ?

– Non. C'est sans importance.

– Quel est le contexte ?

Je raconte mon histoire, une fois encore, avec l'impression agaçante d'exposer la situation d'autrui, d'être étranger à ce qui m'arrive.

– Vous ne préférez pas vous adresser à votre consulat ?

– J'en viens.

– Et ?

Je lui résume le bilan de ma démarche : aucun moyen d'obtenir sur place un duplicata de passeport, une fiche d'état civil, un relevé d'empreintes digitales, ni même une attestation à partir de mon numéro d'assuré social. J'ai insisté, rempli vingt déclarations, j'ai attendu trois heures, j'ai finalement été reçu par un type en bras de chemise qui m'a certifié que tout allait bien : on avait transmis mes requêtes aux services concernés, simplement il y avait un délai normal pour traiter ce genre de dossiers. Quand j'ai voulu savoir ce qu'était un délai normal, il m'a répondu que ça dépendait. Mais on était fin octobre et il ne fallait pas rêver. En me serrant la main, sympathique, il m'a souhaité bonne chance, et m'a dit de ne pas hésiter à l'appeler en cas de besoin, quel que soit le problème.

Je suis sorti content, dans un premier temps, et puis je me suis rendu compte au milieu de l'escalier que je repartais complètement bredouille : il ne m'avait même pas donné son nom.

– Vous me demandez quoi, exactement ? fait le détective en triturant le diamant au coin de son nez. De vous obtenir des documents d'état civil plus rapidement que l'administration américaine ? Je ne voudrais pas vous laisser de faux espoirs, monsieur Harris. Je suis cher, mais quand même.

– Non, je pensais que vous pourriez envoyer vos correspondants enquêter chez moi à Greenwich, sur mon campus... Interroger mes voisins, mes collègues, leur montrer ma photo, recueillir leurs témoignages, me fournir des justificatifs...

– Destinés à qui ?

Son ton d'interrogatoire me crispe. Je lui précise que je suis victime du complot d'une multinationale décidée à me discréditer dans mon combat contre les OGM. Du coup son visage s'anime, ses paupières se relèvent et une lueur d'intérêt m'éclaire sous un jour nouveau.

– Monsanto ?

– Ou ses concurrents.

– Dans ce cas vous ne pouviez pas mieux tomber : je suis en relation avec le meilleur cabinet d'avocats de Philadelphie, spécialisé dans les poursuites contre les lobbies industriels. Je leur ai fourni des pièces déterminantes dans le dossier Vivendi...

– Non merci, je veux prouver que je suis moi, c'est tout. Je vous ai préparé une liste avec les personnes et les organismes à contacter.

Il me demande pourquoi je ne m'en charge pas moi-même.

– Je n'ai plus d'ordinateur, ni de téléphone, ni d'American Express. J'ai fait opposition, et tant que je n'ai pas reçu ma nouvelle carte...

Je regrette aussitôt l'aveu d'insolvabilité qui va sans doute refroidir son enthousiasme. Mais il a entamé la lecture de mes deux pages de noms, d'adresses, de références, de repères biographiques, et son sourire continue de s'allonger. Visiblement, les profits qu'il espère retirer de mon affaire excèdent de beaucoup la provision qu'il pourrait me demander.

– Vous avez réussi à faire citer en justice comme témoins des plantes ?

Le respect a creusé sa voix. Je confirme.

– Je comprends que le lobby des OGM essaie de vous casser, murmure-t-il en se levant. Je reviens tout de suite.

Il sort avec ces deux feuilles qui résument une vie. Quand j'ai consigné tout à l'heure sur le papier les détails extraits de ma mémoire, j'avais la même nervosité que lorsque je fais mes valises, la même angoisse d'oublier quelque chose d'important. Tous les événements se présentaient à la demande, tous les faits marquants de mon existence, mais j'avais besoin d'un effort pour reconstituer les images liées aux personnes, aux lieux que j'évoquais. Mon père dans les jardins de Disneyworld, ma mère déguisée en vahiné portant les petits déjeuners à travers les allées du Polynesian Hotel, ma remise de diplôme à Yale, ma rencontre avec Liz dans une soirée du département de droit, notre mariage sans familles, avec pour seuls invités des collègues, mes premières découvertes sur le langage des plantes... En concentrant mon attention, j'avais l'impression que dans mon cerveau des morceaux de moi se détachaient et partaient en arrière pour composer un souvenir, recréer une scène – à chaque fois c'était ce sentiment d'arrachement, d'ubiquité, de dispersion... Comme un arbre qui perd ses feuilles, une fleur qui dissémine son pollen... Je n'ai jamais connu ça. Je suis quelqu'un qui a toujours construit sa vie sur une seule note : la rage, issue des humiliations d'enfance. Le sentiment d'injustice et de rejet s'est transformé au fil des années en fierté d'être différent, d'échapper à l'espèce humaine et de ne compter que sur moi. J'ai toujours été rassemblé, cohérent, inattaquable. Pourquoi cette sensation de m'amputer d'une part de moi-même à chaque souvenir que je fixais par écrit ? Sans doute un effet secondaire du coma ; un de plus.

Mais il y a cet autre phénomène encore plus bizarre : la surimpression. Au moment d'inscrire la date et le lieu de mon mariage, une image venue d'ailleurs s'est installée par-dessus la scène, dissipant le décor du Country Club de Greenwich. Je suis avec Liz dans une rue de Manhattan, exactement au coin de la Quarante-deuxième Rue et de la Sixième Avenue, là où le panneau géant affiche en direct, à chaque seconde, le montant de la dette nationale et sa répartition par foyer américain. Je suis en train d'embrasser Liz, mais je me vois de dos, en contrebas, comme lorsque je survolais mon corps pendant le coma. Et les chiffres à cristaux liquides défilent, de plus en plus lumineux, de plus en plus nets : soixante-deux milliards quatre cent soixante-dix millions sept cent trente-deux mille huit cent quinze...

– Vous tenez vraiment à ce que je fasse vérifier tous ces points ? Il me semble que la confirmation de votre université serait largement suffisante...

Le chauve est revenu dans le bureau, dépose devant moi une photocopie de ma vie.

– Tous les points, oui. Je tiens absolument à ce qu'on vérifie tous les points, à ce qu'on prouve que c'est *mon* enfance, *ma* carrière, *ma* femme ! C'est mon existence entière que l'autre s'approprie : je veux qu'on le confonde point par point !

Il acquiesce avec empressement. C'est fou comme l'autorité revient vite, dès qu'on représente pour quelqu'un la promesse d'un profit.

– Je dois téléphoner. C'est sur Paris.

– Allez-y. Je vous laisse ?

– Ce n'est pas utile.

Il me tend le combiné, va ouvrir le tiroir d'un classeur. J'appelle Muriel, lui dis que je vais très bien et que le Dr Farge nous invite ce soir à

Rambouillet. Après trois secondes de silence, elle me répond qu'elle est ravie pour moi et qu'elle ne peut pas venir : elle doit faire travailler son fils, mais je n'ai qu'à dîner chez eux un autre soir. Sa voix est détimbrée, impersonnelle. Sans transition, elle me demande si je suis sûr d'aller mieux. Dominant l'agacement, je lui réplique qu'elle aura très vite des preuves formelles de mon identité.

– Demain midi, précise le détective.

Je le dévisage, impressionné. Il m'explique que le temps c'est de l'argent qu'on perd, lui comme moi.

– Dès la réception du mail, mon correspondant m'a répondu qu'un enquêteur partait pour Yale et un deuxième pour Greenwich. Si vous le souhaitez, je vais lui en commander deux autres, sur Orlando et sur Brooklyn. Ne bougez plus.

Il appuie sur le déclencheur d'un appareil numérique, me montre la photo sur l'écran. A l'autre bout de la ligne, j'entends une voix d'homme donner un itinéraire à Muriel. Je lui dis bonne journée, raccroche et demande au détective s'il est resté longtemps absent du bureau.

– Quatre ou cinq minutes, je crois... J'ai fait aussi vite que possible.

Toujours cet espace-temps bizarre dès que je sollicite ma mémoire ; l'impression que je ne suis parti en arrière qu'une dizaine de secondes, et les minutes ont passé sans moi.

– Je transmets votre photo. Où puis-je vous joindre ?

– C'est moi qui vous appellerai. Pendant qu'on y est, je voudrais aussi savoir à quelle date correspond le montant de la dette nationale américaine chiffrée à soixante-deux milliards quatre cent soixante-dix millions sept cent trente-deux mille huit cent quinze dollars.

Il note sur un bloc. L'avantage avec un détective privé, c'est qu'il ne s'étonne de rien.

– Autre chose, monsieur Harris ?

– Non.

– En ce qui me concerne, un dernier point : votre mère. Vous n'indiquez pas son adresse.

– La dernière fois que je l'ai vue, j'avais treize ans. Je ne lui ai jamais pardonné ce qu'elle a fait à mon père.

Il marque un silence poli, à mi-chemin entre la discrétion et l'indifférence.

– Mais retrouvez-la, si vous pouvez : c'est l'occasion. Demandez à Disneyworld : elle a travaillé au room-service du Polynesian jusqu'au 5 août 1975, où elle est partie avec un banquier allemand. Krossmann Günther, chambre 3124.

Il note sur son bloc, avec un sourire en coin.

– Votre mémoire est d'une fraîcheur...

– Merci, dis-je en me levant. A demain.

Entre les deux miroirs de l'ascenseur, j'essaie d'oublier cette colère froide, cette rage intacte comme au premier jour sans elle, cette rancune dépassionnée chaque fois qu'elle me téléphonait pour se justifier, accuser mon père du coup de foudre qu'elle avait eu pour le 3124, et me rendre finalement responsable de l'abandon qui s'ensuivait. Ce veuf de la Bundesbank, elle me répétait que c'était la chance de sa vie. Sous-entendu, ça compensait la malchance que moi j'incarnais : un coup tiré au hasard avec un miteux d'un soir qui ne s'était pas éjecté à temps. J'avais résisté aux montagnes russes, aux tisanes abortives : je m'étais accroché, tant pis pour moi, elle nous avait assumés papa et moi pendant treize ans ; j'étais grand, elle était libre. Etre renié aujourd'hui par ma femme avec le même naturel que je l'avais été par ma mère est totalement insupportable.

Sur le trottoir, je me retrouve avec une violence en creux dont je ne sais que faire, une force que je serre dans mes poings tandis que les passants me contournent. J'ai beau me dire que la vérité est en marche, que les enquêteurs vont confirmer mon état civil en quelques heures, je n'arrive pas à redevenir moi-même. A me sentir comme avant. Une autre personnalité a germé depuis ce matin, à mon insu : celle de l'imposteur qu'on m'accuse d'être, et la liberté paradoxale qui en découle me rend de plus en plus mal dans ma peau, incapable de contrôler ce qui m'arrive. Comme une puberté qui affole le corps, une énergie qui paralyse, tant qu'on n'ose pas l'utiliser, l'accepter, l'assouvir.

Je marche sur le boulevard Sébastopol, entre les arbres fragilisés par l'interdiction de stationner. Je m'arrête devant un platane condamné, marqué d'une croix jaune. Le salage des chaussées, chaque hiver. Sans la protection des voitures garées le long des trottoirs, la circulation projette sur les troncs le mélange acide qui va les ronger bien plus sûrement que l'urine des chiens. J'enlace le platane, pour lui donner des forces en lui en prenant, cet échange qui jalonne mes journées... Rien. Je ne ressens rien. Ni les vibrations de la sève dans mes veines, ni la dilatation du plexus, ni cette espèce d'arc électrique qui parcourt mon corps d'une main à l'autre... J'essaie avec son voisin, puis je pousse la grille d'un square pour enserrer un tilleul plus jeune, plus sain, un marronnier centenaire... Pas le moindre écho, pas le moindre retour. Les arbres ne me reconnaissent plus. Ou alors mon état nerveux les perturbe, fait écran, m'empêche de les capter. Il faut que j'évacue cette tension, absolument.

Je traverse le boulevard, m'enfonce dans une ruelle qui débouche sur le Forum des Halles. Tout à l'heure, quand je suis sorti du RER, des enfants jouaient sur la dalle, des parents se gelaient sur place et des jeunes enchaînaient les figures de breakdance au milieu des feuilles mortes. A présent il est dix-huit heures et la nuit vient de tomber. Les familles sont rentrées chez elles, les ados ont emporté leurs musiques. Dans l'alignement des lampadaires, entre les arbustes et les buissons, des dealers sereins attirent le client, sortent leurs échantillons, font goûter, négocient, encaissent.

Je choisis un coin tranquille entre deux bacs de forsythias, je m'adosse à un panneau, et j'attends.

Un cabriolet minuscule stationne en double file devant la gare de Rambouillet. Assis sur l'aile, bras croisés, le Dr Farge prend la pluie. Il me regarde arriver, me dit que je suis très élégant. Je peux : mon costume m'a coûté six de ses ordonnances. Il me serre la main, me dit qu'il me prêtera des affaires de campagne. Je me plie pour entrer dans sa voiture. Je ne ressens aucune gêne devant lui, aucun remords. Comme si le fait qu'on me refuse mon identité m'affranchissait de tous les scrupules, toutes les valeurs, toutes les règles que la société impose à l'individu pour l'enfermer dans son rôle. Je n'ai plus de limites, je n'ai plus de repères, je n'ai plus de sanctions. Puisqu'on ne me reconnaît plus. Puisqu'on ne veut plus me connaître.

Un bref instant, pendant que je dealais dans les jardins du Forum, je me suis dit qu'il fallait cesser d'exister pour commencer à vivre. Ce n'est pas moi qui parlais. Mais cette voix n'était pas inconnue.

– Vous me trouvez changé, depuis tout à l'heure ?

Il finit sa marche arrière, se met au point mort et me dévisage.

– Pourquoi ? Je devrais ?

J'avais oublié que les psys répondent par des questions. J'élude avec un geste vers le pare-brise : il peut rouler. L'accélération me plaque en arrière.

– C'est le roadster Honda, commente-t-il. La principale folie que je m'autorise.

Les trous de la chaussée m'envoient dans la capote. Il prend les virages à la corde, roule à cent vingt dans les nids-de-poule. Comprimé contre lui avec l'impression que mes fesses râpent le bitume, je me dis qu'il ne faut pas juger les gens. Je l'imaginais dans un break Volvo, double air-bag et musique douce. De son côté, il me prend sûrement pour un pauvre paumé honnête.

– A quoi pensez-vous ? demande-t-il au bout d'un moment, tandis qu'on sort de la ville.

Je replie mon sourire. Je pensais à mon dernier acquéreur, le genre black à roulettes, qui s'était payé le culot de me faire la morale. Je lui ai répliqué que de toute manière, avec ou sans mes ordonnances, il aurait eu le moyen de se fournir en produits shootants. Grâce à mon système, si ça se trouve, j'épargnais même la vie d'un pharmacien. Il a rigolé sur ses rollers, m'a tapé l'épaule en disant que j'étais cool. Je sais surtout me débrouiller dans la jungle, sinon je ne serais jamais revenu entier de mes missions en Amazonie.

– Si mes questions vous dérangent, dites-le-moi.

– Ça va.

On distingue à peine les arbres dans la lueur des phares. Il enclenche la ventilation qui me glace le visage en augmentant la buée.

– Vous vous êtes blessé ?

– Cogné, juste.

J'abaisse le pare-soleil pour vérifier les dégâts. Je n'ai qu'une entaille à la pommette et un début de bleu. Une moto m'a foncé dessus quand je sortais du Forum, après mes achats. J'ai roulé sur le sol, le passager casqué s'est précipité sur moi, et puis un coup de sifflet l'a stoppé net. Les deux hommes ont disparu sur leur moto. J'ai remercié les flics, surgis de nulle part, qui m'ont déconseillé de me promener à cette heure-ci dans le quartier avec des sacs Tendance D.

– Alors, quoi de neuf, depuis tout à l'heure ? demande le neuropsychiatre d'un ton allègre, en désembuant avec sa main.

Je passe sous silence mes transactions dans le jardin des Halles, ainsi que mon shopping au niveau moins 3 du Forum. Je longeais les boutiques à la recherche d'un costume comme j'en porte d'habitude, passe-partout et qui ne froisse pas, quand je suis tombé en arrêt devant Tendance D. La vendeuse refaisait la vitrine. Brune à cheveux longs, petite, cambrée, les seins tendus sous la soie sauvage, elle enfilait une chemise au mannequin. La manière dont elle l'habillait était plus sexy qu'un strip-tease. Elle a croisé mon regard, m'a souri. Le couloir était désert, à part des agents de nettoyage qui traînaient des balais-serpillières, dans le bruit des rideaux de fer qui descendaient l'un après l'autre. Je suis entré.

– Vous êtes fermée ?

– Ça dépend.

Elle a fini de boutonner la chemise de l'homme en plastique, l'a rentrée dans son pantalon, a enjambé le rebord de sa vitrine. Le bout de ses seins pointait entre deux chauves-souris, sur le chemisier gore noué au-dessus de son nombril.

– Vous désirez ?

Elle regardait ma vieille veste à chevrons bleue rétrécie par la Seine. J'ai confirmé d'un signe de tête.

– Vous faites un bon 56.

Ça avait l'air d'un compliment. Elle a ajouté, en cherchant sur les portants, qu'ici ce n'était pas trop mon look. J'ai répondu que je n'avais plus de

114

look : à elle de me trouver un style. Aussitôt, elle m'a tendu un tee-shirt orange et une redingote de vampire, en glissant d'une voix chaude :

– Essayez-moi ça.

Elle a ouvert le rideau de la cabine d'essayage, et je me suis déshabillé sans le refermer. Le désir me serrait la gorge. Ce besoin d'attirer une inconnue, d'être regardé pour mon corps sans que le problème se pose de savoir qui l'occupe. Les relents d'hôpital, cette propreté aigre et chimique, imprégnaient encore ma peau ; j'avais envie de les faire disparaître sous les odeurs de baise, de noyer la trahison de Liz dans lc corps d'une autre. Et cette envie suffisait à me rendre justice. Ce n'était pas un fantasme, c'était une réhabilitation – comme on le dit d'un local désaffecté qu'on entreprend de rendre habitable.

Torse nu dans le miroir de la cabine, j'avais l'air de ce que je suis : un homme des bois déguisé en produit civilisé, rasé, coiffé, crémé, pasteurisé ; un bûcheron des villes. L'équivalent d'un moniteur de ski sans neige – aucun charme, aucun intérêt, aucune couleur sorti de son élément. Pourtant la fille me regardait à la dérobée jouer des muscles en enfilant le tee-shirt. Je sentais bien que je lui plaisais. Même si son seul objectif était une vente.

– Plutôt ce genre-là, a-t-elle conclu en me présentant l'ensemble que je porte.

J'ai passé devant elle le pantalon d'élastiss serré aux cuisses, la chemise sans col, la veste à huit boutons. J'avais l'air d'un clergyman à pattes d'éph. Les bras croisés, elle me regardait bander sous le pantalon moulé en confirmant que c'était la bonne taille.

– Vous pouvez me faire le bas tout de suite ?

Elle s'est agenouillée pour me planter ses épingles.

– Ce n'est qu'un deux-litres, mais il a un couple de vingt et un.

Je suppose qu'il parle de son moteur. J'acquiesce, chasse de mes yeux la bouche de la vendeuse.

– Et vous-même, en quoi roulez-vous aux Etats-Unis ?

– J'ai une Ford.

– Quelle cylindrée ?

– Je ne sais pas. Il y a un grand coffre.

Un silence. Il ralentit, s'arrête devant une grille rouillée. La main sur la poignée de portière, il s'informe :

– Vous jouez aux échecs ?

– Non.

Il descend pousser les battants qui grincent, remonte me dire que la météo annonce une éclaircie pour demain, me demande ce que j'en pense. Je réponds que c'est possible, s'ils le disent.

116

Il me signale que souvent, après une expérience de mort imminente, les gens ont des prémonitions. Je précise que ce n'est pas le cas.

Il roule jusqu'au bout de l'allée, se gare sur une aire de gravier. La maison est une chaumière ancienne tassée entre un massif de rhododendrons et un grand magnolia couché. Je descends, m'approche de l'arbre.

– La tempête de Noël 99, commente-t-il tristement. Je n'ai pas voulu qu'on le coupe : il fleurit encore. Et même plus qu'avant... L'élagueur ne lui laissait aucune chance, mais voyez : il survit. En dehors de ma profession, je n'écoute personne.

Je lui donne raison, pour ne pas lui assombrir la soirée. Les arbres augmentent toujours leur floraison avant de mourir, pour assurer leur descendance.

– Vous faites un beau métier, Martin. Franchement, dites-moi, vous arrivez à communiquer avec les arbres ? Ils vous parlent ?

– Très bien.

– De quelle manière ?

– Ça dépend des espèces.

– Je vous envie. Les êtres humains sont tellement répétitifs.

– Je peux me taire.

– Je ne parlais pas de vous. Entrez, c'est ouvert,

il y a la femme de ménage. Je vais chercher du bois et je vous rejoins.

J'ouvre la porte à petits carreaux, me retrouve dans une odeur de daube et de cire fraîche. Une tristesse brutale me prend aux tripes, dans cet intérieur de célibataire cent fois plus chaleureux que notre maison de Greenwich, qui ne sent jamais la bouffe ni le ménage, qui ne respire que l'arôme artificiel des pots-pourris dans les coupelles. La cuisine est rangée, décorée de choses utiles, patinée, vivante. L'aspirateur s'éteint, une vieille dame vient me dire bonsoir et qu'il y a des pantoufles dans la corbeille. Je la suis dans le salon aux poutres basses où elle m'assied dans un canapé creusé, entre un piano recouvert d'une nappe et la cheminée où s'entassent les brindilles sur des journaux en boule.

– Eau minérale ou jus de fruits ?

Je souris malgré moi. Ici, les invités ne doivent pas mélanger alcool et antidépresseurs.

– Il y a du champagne au frais, lance le médecin en entrant avec un panier de bûches. Merci, Bernadette.

Bernadette désapprouve par un grognement et retourne à la cuisine.

– Ce n'est pas contre vous, c'est pour mon ulcère. Vous voulez voir votre chambre ?

Je lui dis que je n'ai pas prévu de dormir.

– Quelqu'un vous attend ?

Je le laisse allumer le feu, sans répondre. Il tousse sous la fumée, entrouvre une fenêtre.

– Détendez-vous, Martin.

Je l'observe avec méfiance, dans sa chemise en laine et son pantalon de treillis. Je ne crois pas à la générosité gratuite : on n'aide que les gens qui vous servent. J'ai parcouru son *Qui dois-je être ?* dans le train. S'il veut comprendre mon cas, c'est pour s'en inspirer, tirer des conclusions, étayer sa thèse. Il m'a fait venir pour illustrer un livre en cours, dans lequel je serai désigné par une simple initiale. Une autre façon de nier mon identité.

– Bon, je vous laisse, dit Bernadette sur le seuil de la cuisine, en retirant sa blouse. Attention de ne pas brûler la daube : j'ai mis sur deux. Et sortez le vacherin avant de remuer la mâche.

Deux minutes plus tard, une pétarade de mobylette se mêle au crépitement du petit bois. Le Dr Farge allonge délicatement une bûche de chêne sur les chenets, dispose la grille pare-feu, puis il passe dans la cuisine. J'entends le frigo qui s'ouvre, les verres qui tintent, les cacahuètes qui tombent dans une assiette. Un grand chien noir vient sans bruit poser une patte sur mon pied, me dévisage. Je lui dis bonjour, il ne bouge pas. J'avance une main pour le caresser. Il s'éloigne, va se coucher devant le piano, sans cesser de m'observer.

– Il s'appelle Troy, c'est un bas-rouge, dit le médecin en revenant avec un plateau.

– Il a l'air gentil.

– Il n'aboie jamais : il attaque et il tue. Ce n'est pas mon genre, mais c'est un cadeau de Bernadette. Le dernier d'une portée. Je n'allais pas refuser... Les cambrioleurs ne viennent plus, depuis. Le facteur non plus.

Il incline la bouteille, l'ouvre en la faisant tourner autour du bouchon. Avec une précision maniaque, il nous sert en dosant la mousse, aligne les niveaux. Puis il s'assied dans le canapé en face de moi, se laisse absorber par les coussins de velours, vide son verre et se penche en avant, les coudes sur les genoux.

– Bien. Maintenant que nous sommes en dehors de l'hôpital, je vais pouvoir vous dire à titre privé tout ce que je vous ai tu. Si vous le souhaitez, bien entendu.

Je l'y invite d'un mouvement vague.

– Avez-vous évolué, depuis ce matin ? Je veux dire : pensez-vous toujours *réellement* que vous êtes Martin Harris ?

– Oui. Et ça n'a rien à voir avec le glutamate.

– Avez-vous de nouvelles preuves à l'appui de cette conviction ?

– J'en attends.

Un avion survole la maison, à basse altitude, dans le sifflement aigu des réacteurs. Lèvres pincées, il laisse le silence revenir, puis regarde sa montre.

– Il est quinze heures trente, chez vous. Si vous voulez appeler quelqu'un, ne vous gênez pas...

– J'ai chargé un détective de contacter mon entourage.

Il entérine mon choix en écartant les mains. Je pensais qu'il allait insister. Les visages, les noms, les numéros défilent dans ma tête. Mon assistant Rodney, le doyen de mon département, Mrs Fowlett qui garde la maison, les Brown qui veulent toujours nous inviter à dîner... Je n'ai pas envie de téléphoner à mes relations. Sans que je puisse démêler ce qui relève de la gêne ou de l'appréhension. Bien sûr, je répugne à m'abaisser en sollicitant le témoïgnage de l'arriviste qui lorgne mon salaire, du vieux raisonneur qui cherche à me dissuader d'impliquer l'université dans mes attaques contre les OGM, de la caractérielle qui se croit chez elle parce qu'elle est la seule à savoir comment fonctionne l'alarme, ou des voisins que je supplie de ne pas tailler constamment leur catalpa centenaire. Mais il y a autre chose dans ma réticence : la crainte d'essuyer une réaction comparable à celle de Liz. C'est impossible, je le sais bien, mais c'est plus fort que moi. Et de toute façon, au téléphone, on peut prendre ma voix pour celle de l'imposteur : s'ils m'authentifient, cela ne prouvera rien. Autant laisser les enquêteurs leur montrer ma photo.

Un autre avion passe au-dessus de nous, plus bruyant que le premier. Jérôme Farge allonge brusquement la main vers une télécommande, la pointe en direction de l'escalier. Une voix d'opéra emplit la pièce, vocalise sur fond de percussions. Il l'interrompt au bout d'une minute.

– Excusez-moi, dit-il. En juillet, ils ont ouvert un couloir, juste au-dessus ; depuis je passe mes soirées à compter les Airbus. A faire gueuler Wagner et Pavarotti pour essayer de les oublier... Chopin, c'est fini. Il ne fait pas le poids contre les réacteurs.

C'est la deuxième fois que je sens percer l'être humain sous le médecin. Le plaisir gamin de piloter un bolide de jeune homme, et cette nostalgie butée qui condamne un piano.

– Vous jouez ? demande-t-il.

Il a suivi mon regard posé sur le Pleyel. Je réponds d'une moue qui peut exprimer aussi bien l'incompétence que la modestie. Je ne me revois pas devant un clavier, pourtant un picotement dans mes veines, une vague impatience dans les doigts m'attirent vers les touches.

– Allez-y, m'invite-t-il. C'est ma femme qui jouait, mais je continue à le faire accorder.

Je m'assieds sur le tabouret, intrigué par cet appel intérieur qui ne correspond ni à un souvenir ni à un manque. Je retrousse la nappe, je pose ma main valide au milieu du clavier. J'attends. Je guette un réflexe, un automatisme, et finis par faire le vide en laissant courir mes doigts. Aux premiers accords de la mélodie, je referme le couvercle.

– Vous n'avez pas oublié, déclare-t-il, admiratif.

– Si.

Je regagne ma place au coin du feu. Il me demande si c'est du Gershwin. Je n'en sais rien. Je réponds que je suis rouillé, pour avoir la paix. Il n'insiste pas. Le regard perdu au milieu des flammes, je fouille en vain la maison de Greenwich, le pavillon où je suis né, l'appartement de la cousine à Brooklyn, le foyer des étudiants à Yale... Aucune trace de piano, nulle part, aucune image de moi apprenant le solfège ou faisant des gammes. Ce n'est pas dans mon histoire. Ce n'est pas un souvenir à moi. Et pourtant, je sais jouer.

Il remplit nos verres, me tend l'assiette de cacahuètes, la repose sur ses genoux. Je ne sais pas s'il a perçu mon trouble.

– Vous croyez à la réincarnation, docteur ?

– C'est-à-dire ? Le concept de vies antérieures ? L'idée que tous les bébés qui viennent au monde sont des cadavres recyclés ? La théorie selon laquelle, si on s'est mal conduit, on le paye la fois suivante en naissant malchanceux, malade et pauvre ? Non. C'est de l'autosuggestion qui ne résout rien.

– Les deux tiers de la planète y croient.

– Les deux tiers de la planète ont faim ; ça ne justifie pas la famine. Cela dit, si vous me posez la question par rapport à votre coma, je serai plus nuancé.

Un frisson parcourt mon dos.

– Pourquoi ?

Il se penche, remonte un coussin derrière lui, se rappuie.

– Je vais vous raconter un cas sur lequel on a sollicité mon avis, encore plus étrange que le vôtre. Un soir de l'an dernier, une jeune femme des Deux-Sèvres participait à une séance de spiritisme avec des amis, pour s'amuser. Assis autour d'une table, ils faisaient tourner un verre, avec l'illusion qu'une âme défunte répondait à leurs questions. Oui, non, banalités, contradictions... A l'issue de la séance, on rallume les lampes, on éteint la bougie. La jeune femme a l'air bizarre. On lui demande si tout va bien, elle répond en espagnol. Le mari est étonné : il ignorait qu'elle connaissait cette langue. Mais voilà que les questions s'enchaînent et qu'elle répond toujours en espagnol. Personne ne le parle autour d'elle, on la prie d'arrêter cette comédie ; rien n'y fait. Comme si elle ne comprenait plus le français. La blague n'est pas drôle, le ton monte, les amis s'en vont, le mari se couche énervé. Le lendemain, au petit déjeuner, il la trouve en train de parler espagnol à ses enfants tout en les câlinant. Il commence à être franchement inquiet, il va chercher la concierge, et celle-ci lui traduit les propos de sa femme : elle dit qu'elle s'appelle Rosita Lopez, qu'elle est morte une semaine plus tôt à Barcelone, qu'elle n'avait pas envie de quitter la terre et qu'elle se sent très bien dans cette famille. On appelle le médecin du village, qui diagnostique un dédoublement de la personnalité. Et on procède à des vérifications : une dénommée Rosita Lopez est en effet décédée huit jours auparavant à Barcelone.

Il avale une poignée de cacahuètes. Je l'observe pendant qu'il mâche. Il nous ressert du champagne, avant de poursuivre :

– On la montre à une dizaine de spécialistes, dont moi. Nous constatons le changement de langue, mais sur le plan médical nous ne décelons aucun symptôme de schizophrénie, aucune ambivalence des pensées, aucun des syndromes qu'on observe habituellement dans les cas de personnalités multiples. La patiente est parfaitement cohérente, bien dans sa peau ; son humeur est égale, ses obsessions permanentes : elle adore ses enfants et désire son mari, lequel résiste autant qu'il peut aux ardeurs de cette étrangère qui partage sa vie. Et puis un jour, n'y tenant plus, il s'adresse à un exorciste qui, à force de prières et de mises en demeure, finit par expulser l'esprit squatteur. La jeune femme retrouve alors son identité, redevient telle qu'elle était avant, à une différence près : elle parle toujours espagnol. L'infestation était si forte qu'elle avait contaminé la zone du langage, dans le lobe gauche. La pauvre a dû réapprendre sa langue maternelle.

Je fixe les bulles qui montent dans mon verre. S'il vient de faire un parallèle avec mon histoire, je lui demande de quel côté il me situe : l'infesté ou l'infestant.

– Savez-vous, reprend-il, que les rats de laboratoire continuent de retrouver leur chemin dans un labyrinthe, même lorsqu'on leur a retiré quatre-vingt-dix pour cent de leur cerveau ?

– En quoi ça me concerne ?

– Et que le Pr McDougall, de l'université de Harvard, a prouvé que d'autres rats n'ayant aucun lien biologique avec ceux qui avaient mémorisé leur chemin dans le labyrinthe arrivaient, des années plus tard, à trouver l'issue avec la même rapidité ? Comme si ce labyrinthe

contenait le souvenir des expériences passées...
La question à laquelle je veux vous amener
est celle-ci, monsieur Harris : où est stockée la
mémoire ? Dans notre cerveau, ou à l'extérieur ?
Pourquoi, lorsqu'on stimule électriquement à
plusieurs reprises un point précis de l'hippocampe,
recrée-t-on immédiatement chez le patient un souvenir important, mais jamais *le même* ? Notre
cerveau serait-il moins un entrepôt qu'un émet-
teur-récepteur ? Je vais plus loin : comment un
cerveau privé d'oxygène, en plein dysfonction-
nement dans une phase de coma, pourrait-il
engranger et traiter des souvenirs à long terme,
comme c'est le cas dans les EMI ? Parce qu'au
seuil de la mort, comme probablement lors d'une
transe médiumnique, le lobe temporal droit est
brusquement activé, connecté malgré lui à une
banque de données qui se trouve à l'extérieur du
corps. *Votre* banque de données... ou celle d'une
âme errante, ou celle de l'homme dont vous
désirez la femme.

Je pose mon verre, repousse l'assiette qu'il me
tend.

– Et pourquoi vous racontez toujours l'histoire
dans le même sens ? Pourquoi ce n'est pas l'autre
qui aurait piraté ma banque de données ?

– Parce que sa femme le reconnaît.

Un vieux téléphone grelotte sur une commode.

Farge s'arrache aux coussins et va répondre d'une voix morne. Son visage s'éclaire aussitôt.

– Oui, tout va bien, je vous le passe. Amitiés chez vous.

Il dépose sur mes genoux l'antique appareil au bout de son fil qui tirebouchonne. Muriel s'excuse pour tout à l'heure : elle venait de charger un client, elle ne pouvait pas me parler, elle est désolée de ne pas dîner avec nous. Elle me demande où j'en suis. J'explique que Monsanto et consorts ont tout manigancé, j'en suis certain et j'en aurai la preuve demain.

– Arrête cette Nintendo ! crie-t-elle. J'ai dit : au lit, tu as vu l'heure ? Va dire à ta sœur de baisser la musique : je suis au téléphone ! Vous êtes toujours là, Martin ?

Une tendresse dans sa voix me noue la gorge. Ce n'est pas de la tendresse, d'ailleurs, c'est du désarroi. L'honnêteté de laisser entendre qu'elle se sent seule au milieu de sa marmaille et que, peut-être, je lui manque.

– Tout se passe bien, sinon ? Daube et vacherin ?

– Oui.

– Un conseil : méfiez-vous du bourgogne. Allez, bonne soirée.

– Muriel... Quand on se reverra, mon problème

sera réglé. Mais je suis content d'une chose : il m'aura permis de vous connaître.

Je m'entends parler faux, et pourtant je suis sincère. Elle répond que c'est gentil de dire ça. Pudeur ou politesse. Le médecin tisonne les braises par discrétion. Elle abrège l'échange, m'invite à la prévenir dès que j'ai du neuf, ajoute qu'elle m'embrasse. A nouveau sa voix sonne creux, comme celle des traductrices à la télévision qui disent « je » d'un ton neutre à la place des autres. Je raccroche avec une émotion bizarre, mélange de regret et de dépit. La tête lourde de tout ce que j'aurais dû dire.

– C'est une femme qui a beaucoup de courage, énonce le médecin en croyant faire écho à mes pensées.

Je fronce le nez, lui signale que ça sent le brûlé. Il lâche son tisonnier, court à la cuisine, pousse un juron, laisse tomber le faitout. Je le rejoins, l'aide à éponger la daube.

– Tant pis, je vais nous faire une omelette. Ne vous dérangez pas, retournez vous détendre.

J'ouvre la porte et sors dans le jardin. La pluie s'est arrêtée. Je fais quelques pas dans l'odeur âcre de la pelouse détrempée. Des projecteurs s'allument autour de moi. Le décor est superbe, fantomatique, apaisant. Des rocailles, des étagements de terrasses à floraisons successives, les dernières roses de la saison entourées de chrysanthèmes japonais et de jasmin d'hiver.

Je vais d'un arbre à l'autre, les enlace. Ils m'accueillent. Je les sens, eux. Pas comme ceux du boulevard Sébastopol – ou alors c'est moi qui ai changé depuis tout à l'heure. C'est moi qui suis redevenu réceptif, identifiable... Qu'est-ce qui a rétabli la communication ? Cette confiance inquiète, cet appel que j'ai perçus dans la voix de Muriel, ou le fait d'avoir repris le contrôle de la situation au Forum des Halles ? A nouveau je me sens en harmonie avec mes frères immobiles ; je m'unis à leurs fréquences, mon sang bat au rythme de leur sève. L'énergie que nous échangeons dilue les angoisses, les doutes, le malaise des villes. Depuis l'enfance, je ne suis vraiment bien dans ma peau qu'en touchant une écorce ; huit jours loin des forêts et je n'étais plus le même homme. J'appuie mon plexus contre un saule, mon dos contre un hêtre pourpre, je caresse les chênes et parle aux pruniers survivants dans le fouillis du verger. Mais ces retrouvailles sont gâchées par une question qui m'obsède : pourquoi le piano m'a-t-il paru aussi familier que les arbres ?

Jérôme Farge me rejoint, les mains dans les poches entre les pommiers morts, me dit qu'il ne se résout pas à les enlever : ils font tellement partie du paysage... Je lui réponds qu'il a raison ; les pleurotes qui poussent sur le bois en décomposition mangent les vers nématodes qui s'attaquent aux racines vivantes. Avec leurs filaments gluants, les champignons forment des sortes de lassos qui, au contact de la proie, l'étouffent par gonflement des cellules. Sans les parasites de leurs voisins morts, les pruniers se porteraient moins bien. Il hoche la tête, murmure :

– Vous êtes vraiment botaniste.

– Bien sûr que je suis botaniste !

– Je veux dire... vous êtes un confrère de Martin Harris, ça ne fait aucun doute.

Je le saisis aux épaules, le retourne vers moi.

– Ecoutez, docteur. Cet homme a des faux papiers, la complicité de ma femme et la mission de me couler auprès de l'INRA dans mon combat contre les OGM. D'accord ? Je commence même à penser que mon accident est une tentative de meurtre avec préméditation : mon remplacement n'a pas pu s'improviser en six jours. Tout était prévu avant mon arrivée en France, ils m'ont suivi depuis l'aéroport et, au moment propice...

– Je ne voudrais pas vous décevoir, mais la paranoïa est également un effet secondaire du glutamate.

– Vous me faites chier avec votre glutamate !

Le chien surgit, s'arrête à un mètre de moi, me fixe en montrant les dents.

– Souriez, dit Jérôme Farge en me tapotant l'épaule. Ayez l'air détendu, comme moi. Tout va bien, Troy, c'est un ami, on plaisante. Couché.

Le bas-rouge s'allonge lentement sans cesser de me surveiller.

– Si je vous asticote, Martin, vous savez, c'est uniquement pour vous tester. Mesurer votre degré de certitude. Voir si vous croyez vraiment toutes les choses que vous me dites.

– Et vous, à quoi vous croyez ?

Les yeux dans mes yeux, il répond :

– A votre humanité. Vous êtes quelqu'un de bien, j'en suis certain.

– Et qu'est-ce que vous en savez ? Je vous ai volé des ordonnances et je les ai vendues pour m'acheter ces fringues !

L'aveu a jailli sans que j'aie compris cet élan d'agressivité, ce besoin de riposte causé par sa gentillesse. Mais il continue de sourire. Et ce n'est pas seulement à cause du chien. Il dit que c'est drôle, que la fille de Muriel lui a fait le même coup deux ans plus tôt, quand il la suivait après sa tentative de suicide. Elle s'était prescrit des amphétamines, qu'elle était venue lui apporter en guise de provocation, pour lui montrer qu'elle n'était pas « tirée d'affaire » comme il le prétendait, qu'elle était libre de recommencer quand elle le voudrait. Il lui avait dit de les garder, comme un gage de confiance, une prise de risque dont il acceptait les conséquences. Elle les lui avait renvoyées par la poste, l'été suivant, avec la photocopie de son CAP de coiffure et un cliché de son petit ami.

– A titre de curiosité, combien ça se vend, une ordonnance ?

– Cent cinquante euros.

Un peu amer, il constate que c'est plus cher qu'une consultation.

Le bruit sourd d'un avion de ligne nous enveloppe, les lumières des ailes clignotent entre les branches du saule, disparaissent derrière le toit de chaume.

– Autrefois, soupire-t-il, c'était le silence absolu, ici. Un vrai sanctuaire. Je goûtais l'absence totale de bruit comme on goûte un cognac, le verre au creux des mains. Ça ne reviendra jamais.

Sa tristesse m'adoucit. Pour la première fois je ne me sens plus en observation, en sursis. Le chien s'éloigne, va se coucher dans sa niche. Je cherche une parole de réconfort.

– En tout cas, votre jardin est très bien entretenu.

– Pour qui ? Et pour combien de temps ? Mon fils est enseignant à Tahiti, il vendra la maison à ma mort... Je me retrouverai à hanter le couple d'imbéciles qui la lorgne depuis des lustres, ajoute-t-il en désignant un pavillon derrière les chênes. Le genre qui s'agrandit chaque année, la famille modèle qui pond à tour de rôle et se réunit le week-end. L'hiver, ils utilisent un repousse-feuilles à moteur en guise de râteau et, le reste du temps, ils rasent leurs huit cents mètres carrés avec un tracteur à gyrobroyeur. Ici, ils arracheront les arbres, ils dynamiteront les rocailles pour tondre plus net. Leur idéal de jardin, c'est un golf.

Il retourne vers sa maison, la tête basse. Je le suis.

– Vous avez faim ? demande-t-il en entrant dans la cuisine, avec un regard de détresse pour la poêle vide sur le brûleur.

– Non. Les cacahuètes, ça ira.

– J'ai des bretzels, aussi. Et des olives noires.

Il prend la bouteille de bourgogne sur le buffet, le tire-bouchon, et nous retournons nous avachir dans les coussins mous autour du feu.

– Au temps de ma femme, c'était le paradis, ici. Du moins je ne faisais pas attention aux nuisances. Comment le trouvez-vous ? s'enquiert-il en me voyant goûter le vin.

– Parfait, dis-je pour ne pas l'attrister davantage.

– Je vis depuis cinq ans avec un cancer sous contrôle. J'en ai un peu assez de la cohabitation, mais je me crois encore utile à trop de patients pour baisser les bras. J'ai eu quelques succès, j'ai publié les livres que je voulais, vécu trente ans avec une femme heureuse : je ne me plains pas. Je finis mes bourgognes et mon bois. J'ai encore trente-six nuits-saint-georges 70 et les deux tiers du chêne qui est mort l'année dc ma femme. Il est déjà assez sec pour la cheminée, mais le vin se madérise. Non ?

J'acquiesce.

– Il me semblait bien, à la teinte. J'ai perdu le goût depuis que je suis seul. Agueusie psychosomatique : le seul cas que j'aie rencontré dans ma carrière, c'est moi. Il me reste le plaisir des yeux. La couleur et le souvenir...

Le crépitement se fond dans le bruit des réacteurs qui s'éloignent, recouvert par un grondement plus proche.

– Martin.

– Oui ?

– Montez vous coucher, si vous voulez.

Je me redresse, la tête vague, un goût de fumée dans la bouche.

– Je me suis endormi ? Longtemps ?

– Trois Airbus. Le temps de rajouter une bûche et de me resservir un verre.

– Excusez-moi...

– Je vous en prie. Ennuyer les gens quand je parle a dû contribuer à ma vocation de psychiatre.

Le vin tourne devant ses yeux, à la lueur des flammes. Il reprend au bout d'un instant :

– Vous avez le sommeil instructif.

– J'ai dit quelque chose ?

– Vous avez appelé. Trois fois.

– Liz ?

– Vous voulez me parler d'elle ?

Je m'étire, vide mon verre, enfourne une poignée d'olives.

– A quoi bon. Je ne sais plus qui est ma femme. Je ne sais pas depuis combien de temps elle marche avec les autres.

– Je ne crois pas à cette idée d'un complot contre vous. Revenons sur votre EMI, si vous le voulez bien.

– Vous n'y croyez pas non plus.

– Nous étions à l'hôpital. Si je n'affichais pas mon scepticisme, on aurait depuis longtemps sabré les crédits de mon service.

Il se lève pour redresser la bûche qui a roulé au bas des chenets. Il repose la pince, se retourne. Adossé à la cheminée, il me contemple un instant en allumant une cigarette, me tend son paquet. Je lui dis que je ne fume plus.

– Depuis longtemps ?

– C'est Liz qui a arrêté.

Je nous revois partager un cigare, au début de notre amour, nous le repasser toutes les deux ou trois bouffées, à table, isolés dans une bulle de fumée, heureux de choquer les gens et de faire le vide autour de nous...

Il se rassied.

– En juin dernier, une patiente est sortie d'un coma Glasgow 4, comme vous, mais complètement amnésique. A chaque question que je lui posais, elle répondait : « Il y a une basket trouée sur la corniche. » Et elle montrait le plafond. Tant et si bien que j'ai fini par demander qu'on vérifie. On a retrouvé la chaussure, deux étages plus haut, conforme à la description, mais placée de telle manière qu'elle n'était visible d'aucune fenêtre de l'hôpital, ni du sol ni du toit – uniquement si l'on grimpait sur une échelle appuyée à la façade. Ou si l'on flottait au-dessus de la rue.

Je retiens mon souffle. Un poids s'est levé dans ma poitrine, au fil de ses phrases. Une onde de légèreté glisse le long de ma nuque.

– Quand vous avez eu l'impression de quitter votre corps, dans quel état émotionnel étiez-vous ?

Je ferme les yeux pour essayer de retrouver les sensations.

– Je n'avais pas peur. J'étais à la fois surpris et confiant. Mais ça m'a semblé tellement rapide...

– A quoi pensiez-vous ?

– A Liz. Je voulais la prévenir de ce qui m'était arrivé.

– L'accident ou le décès ?

– L'accident. A aucun moment je ne me suis senti mort.

– Vous vous êtes retrouvé à ses côtés ?

– Je crois. Ensuite il y a eu le tunnel de lumière, avec mon père qui m'a dit...

– Laissez tomber le tunnel. C'est Liz qui m'intéresse. Vous étiez chez vous, dans votre chambre ?

– Je ne sais pas. Quand je cherche à retrouver le décor, c'est une autre image que je vois. Un autre jour. On est dans une rue de Manhattan et on s'embrasse. Je nous vois en contrebas, comme si je planais au-dessus de nous...

– Dissocié ? Vous voyez votre corps *en vie*, dans un moment du passé...

– Peut-être. Mais je ne me rappelle pas avoir embrassé Liz à cet endroit...

– Où est-ce ?

– Au coin de la Quarante-deuxième et de la Sixième Avenue, sous le panneau qui donne le montant instantané de la dette nationale, avec la répartition par famille américaine...

– Qui était de ?

– Soixante-six mille deux cent neuf dollars, dis-je machinalement.

– Votre mémoire est décidément d'une précision stupéfiante.

Je rouvre les yeux.

– Pour ce genre de détails à la con, oui. Mais je n'ai aucun souvenir de ce baiser dans la réalité.

– C'est une image symbolique.

– J'en rêve tout le temps.

– Le chiffre est le même ?

– Toujours. Et c'est le même point de vue.

– Un rêve récurrent identique à chaque fois, donc.

– Non. Là, quand je me suis endormi... Je me suis retrouvé dans la même scène. Sauf que Liz s'est écartée... et j'ai vu mon visage. Ce n'était pas moi.

– Logique : votre rêve intègre la situation que vous affrontez en ce moment.

– Mais ce n'était pas l'autre non plus ! Je ne sais pas qui c'est, je ne l'ai jamais vu...

Il soupire en se rejetant en arrière, croise les jambes.

– Le fond de votre problème me paraît vraiment être la jalousie.

– Je n'ai jamais été jaloux ! Avant mon accident, je ne soupçonnais pas que Liz avait un autre homme dans sa vie. Mais ça ne m'aurait pas gêné, au contraire !

Il lève la main pour que je le laisse parler.

– Vous êtes dans un coma profond, avec une activité électrique du cortex indépendante de toute sollicitation ambiante, d'accord ? Votre conscience déconnectée – appelons-la votre « corps astral » – se transfère alors dans la chambre de Liz, et vous la trouvez, mettons, en train de faire l'amour avec l'autre homme. Situation totalement insupportable pour vous, malgré ce que vous dites, au point que vous lui substituez en rêve l'image-écran d'un simple baiser donné à un inconnu dans la rue. Mais là, sur le moment, dans la chambre, le double effet de la jalousie et du refus de mourir fait que votre « corps astral » investit la personnalité de l'amant. Avec la même détermination qu'on a vue chez Rosita Lopez. Sauf qu'ensuite un processus vital, déclenché ou non par votre refus de *céder la place*, vous fait sortir du coma, en pleine possession de vos facultés. Mais l'imprégnation demeure dans la mémoire de l'amant que vous avez squattée. D'où cette ubiquité mentale, d'où le fait qu'aujourd'hui deux Martin Harris aussi sincères l'un que l'autre, d'après ce que vous me dites, coexistent.

Il marque un silence pour me laisser le temps d'assimiler.

– Ce que je ne m'explique pas, en revanche, c'est que votre femme ait choisi l'infesté en vous rayant de sa mémoire.

Je repose mon verre. Ça, je peux le comprendre.

– Tout cela n'est que spéculation, bien sûr, dit-il

en étouffant un bâillement. Laissez infuser, on en reparlera demain.

Je me lève. Il me conduit à ma chambre, me souhaite bonne nuit, se retourne sur le seuil. Et il murmure d'une tout autre voix, avec une douceur désarmée :

– C'est la première fois que je réentendais le piano.

Il s'éloigne dans le couloir, la tête basse.

Je referme la porte, me déshabille, me glisse entre les draps brodés qui sentent la menthe et la cannelle. Deux lettres s'entrelacent sur l'oreiller : J et V. Moi aussi j'ai aimé Liz, passionnément. Pourquoi suis-je si détaché d'elle, au point de ne même plus lui en vouloir ? Pourquoi son visage, quand j'éteins la lumière, se confond-il avec celui de Muriel, son corps avec l'image de la vendeuse du Forum, pourquoi des femmes inconnues s'ajoutent-elles dans ma tête à chaque avion qui passe ? Et pourquoi suis-je si bien tout seul, ce soir, les jambes en compas dans ce lit à deux places ?

Elle vient d'ouvrir les volets, se penche vers la rue. Elle étend la main pour voir s'il pleut. Elle porte une de mes chemises, comme d'habitude au réveil. Elle disparaît, laisse la fenêtre ouverte.

Je recule dans le renfoncement où je me gèle depuis une heure. Elle a toujours dormi nue, et passé ma chemise de la veille pour aller préparer le breakfast. Le seul rite de nos débuts qui ait résisté au temps. Mon estomac se serre au souvenir de l'odeur de café qui venait chaque matin se glisser dans mes rêves. J'allais la rejoindre à la cuisine et on faisait l'amour un jour sur deux, suivant le programme du talk-show qu'elle regardait distraitement d'une pièce à l'autre sur les trois télés branchées en permanence, à moins que l'intérêt du sujet ou la célébrité de l'invité ne la clouent devant l'écran géant sur le canapé du salon, plateau sur les genoux, alors j'emportais ma tasse dans la salle de bains.

Ce matin, je n'ai eu que du thé vert sans théine et des galettes au soja. Le petit déjeuner du neuropsychiatre. Il dormait encore, la femme de ménage repassait des slips à côté de mon bol. Elle m'a dit que j'avais meilleure mine que la veille. Je lui ai répondu que sa daube était délicieuse.

– Pourquoi, vous avez demandé au chien ?

J'ai rougi dans la chaleur du fer. Elle a haussé les épaules, a ronchonné qu'elle avait l'habitude de cuisiner pour rien, avec le docteur : un appétit de moineau. Elle partait au marché de Rambouillet, a voulu savoir ce qui me ferait plaisir pour le déjeuner. Je lui ai demandé de me déposer à la gare. Le médecin m'avait fait du bien, moins par ses théories sur mon coma que par sa propre situation, ses confidences, sa détresse résignée, son impuissance active. Je lui ai laissé un mot de remerciement sur la table. Dans le jardin qui s'égouttait au soleil, Bernadette appelait le chien, en vain.

– Encore la doberman d'à côté qui est en chaleur, a-t-elle râlé en décapotant le roadster.

Elle conduisait comme une vraie myope, corrigeant constamment sa trajectoire, franchissant la ligne blanche en accélérant dans les virages, provoquant les appels de phares des autos qu'on croisait. Elle beuglait par-dessus le rugissement du moteur, dans les tourbillons d'air :

– Avec mon homme on faisait des rallyes, quand on était jeunes. C'est moi qui ai appris à conduire au docteur.

Un break bleu nous suivait depuis l'entrée dans la forêt. Soudain il nous a doublés au milieu d'un lacet, avec une queue-de-poisson. Le coup de volant qu'a donné Bernadette a failli nous envoyer dans le ravin. Elle a rouspété cinq minutes contre les gendarmes du village, qui d'après elle étaient bourrés dès l'aube. Je n'avais rien dit, mais ce n'était pas une voiture de gendarmerie.

La parano m'a repris dans le train pour Paris. Je me sentais épié derrière les journaux, changeais de wagon à chaque gare. Je revoyais le camion jaune foncer sur le taxi de Muriel Caradet, la moto du Forum des Halles...

Liz revient à la fenêtre, secoue une nappe. Les miettes glissent le long de la pente en ardoise, tombent dans le chéneau. Elle s'attarde à contempler la vue. Elle a l'air beaucoup plus détendue qu'à Greenwich. Je ne sais pas ce qu'elle faisait de ses journées. Elle me disait le golf, les courses, le bridge au Country Club, les œuvres de la paroisse, mais le soir, en rentrant de l'université, je la retrouvais au même endroit du canapé, avec un verre de scotch et les infos de CNN. D'après le kilométrage de sa voiture, si elle sortait, c'était à pied.

Elle referme la fenêtre. J'essaie de me rappeler l'appartement, de visualiser les pièces que je ne connais qu'à travers les photos de Kermeur, envoyées par Internet. Le salon mansardé surplombant le Faubourg-Saint-Honoré, la grande cuisine donnant sur cour et la chambre en face de laquelle je monte la garde, rue de Duras... Un style vieil or et bonbonnières, des poupées partout ; un intérieur de vieille dame. Je me demande comment Liz l'a transformé en une semaine, elle qui avait fait de ma maison en tuiles de bois un modèle de déco Nouvelle-Angleterre.

Je revois notre dernier lundi à Greenwich, dans le silence de la forêt déjà rougie par l'automne, cette forêt qui l'oppresse en hiver et lui donne des allergies au printemps. Encore un de ces matins où je vais partir en la laissant s'abrutir de barres énergétiques devant le Jenny Jones Show, tandis que l'animatrice extasiée balade son micro parmi les voyantes pour donner aux gens du public des nouvelles de leurs disparus, entre deux pubs où des avocats vantent leur efficacité contre les médecins en cas de mauvais diagnostic. La vedette du jour est une bimbo surgonflée qui communique avec les animaux, et sert d'interprète entre un labrador et son maître. Liz adore. Elle y croit. Elle note les coordonnées des médiums, y compris celles de la traductrice pour chiens, alors qu'on n'a pas d'animaux. Je lui reproche cette crédulité. Elle me lance en riposte que je ferais mieux de me taire, avec mes arbres qui parlent. Je m'énerve, dis que ça n'a rien à voir, que c'est l'exploitation des naïfs en souffrance qui me gêne, pas le phénomène, et on s'engueule sur fond d'avocats racolant en musique. Elle me traite de schizo, je la gifle, elle tombe en arrière, s'entame le front sur le pied du lampadaire.

Je relève les yeux. Mon remplaçant est accoudé à la rambarde, avec une tête de grasse matinée. Il fume, détaché, paisible, dans mon pyjama Hermès de l'aéroport Kennedy. Elle lui tend une tasse, il la prend sans un regard, machinal. Comme s'il était dans cette vie depuis aussi longtemps que moi.

Une mère avec deux petites filles en tenue de tennis tourne le coin de la rue. Elles se racontent des secrets derrière leurs raquettes, me jettent un coup d'œil et continuent leurs confidences, leurs rires sous cape. La mère les presse, ouvre la porte arrière de sa voiture, les engouffre à l'intérieur en leur poussant la tête comme font les policiers quand ils arrêtent quelqu'un. Liz aurait voulu un enfant. Moi je ne sais pas, je ne sais plus. J'ai trop souffert du naufrage de mon père pour avoir envie d'être appelé papa. J'aurais bien aimé apprendre les arbres à un petit garçon, c'est tout. Mais je n'aurais pas supporté qu'il s'en foute, m'écoute avec une distraction de chewing-gum et retourne à ses jeux vidéo.

C'est étonnant comme je continue à avoir des pensées *d'avant*, des nostalgies dérisoires dans ma situation présente, des remords de conduite qui prennent le pas sur mes griefs de victime. Le mal que j'ai pu faire à Liz n'est pas grand-chose, en regard de ce qu'elle me fait subir aujourd'hui, mais ça ne change rien à ce que je ressens. Même s'il n'y a plus rien entre nous, tout ce que j'ai éprouvé pour elle est intact, incroyablement neuf. Etrange comme le fait d'être exclu du présent redonne une jeunesse au passé.

Ils sont rentrés, ils ont refermé la fenêtre et j'entends, lointain, étouffé, un son de piano. C'est peut-être lui. S'il en sait autant que moi en botanique, logiquement il est pianiste. Mais pour quelle raison cet élément de sa personnalité aurait-il déteint sur moi, et seulement celui-là ? Pourquoi, si nos mémoires ont fusionné, n'ai-je pas d'autre réminiscence qui vienne de lui ?

Je sursaute. Un orchestre vient de s'ajouter au piano. C'est un enregistrement. Ça ne prouve ni ne résout rien, mais je souris quand même, comme si je marquais un point sur l'absurde dans lequel je me débats. Comment définir ce qui est réaliste et ce qui ne l'est pas, dans ma position ? J'ai beau

ressasser l'hypothèse du Dr Farge sur mon « ubiquité mentale », la façon dont ma conscience en
état de mort imminente se serait greffée dans le
cerveau de mon rival, cette infestation qui aurait
fait de lui mon duplicata, je n'y crois pas. Mais je
n'ai pas d'arguments pour justifier mes doutes.
Sinon l'impression toute personnelle qu'à part
mes souvenirs, il n'a rien de moi.

Des effluves de graillon s'échappent de l'aé-
rateur au-dessus de ma tête. Il est onze heures,
les cuisines du restaurant se sont mises en route.
L'odeur âcre et sucrée fait remonter mes années
de fast-food à Coney Island, sous ma toque de
chez Nathan's. Je revois mes sorties de classe, les
dix stations de métro aérien entre la John Dewey
High School et Surf Avenue, le bâtiment blanc
au toit-terrasse étalant ses lettres d'or sous une
saucisse souriante, à l'ombre de la carcasse du
grand-huit désaffecté : *More than just the best hot
dog.* Et cette odeur qui s'incrustait, qui résistait à
tous les shampoings, cette odeur de mes nuits aux
fourneaux qui faisait froncer le nez des copines de
collège, cette odeur qui paierait un jour mon entrée
à l'université et qui, pour l'heure, me privait de
sorties.

Je sais pourquoi l'autre est faux. Ça se voit à
son visage, son naturel, son détachement. Il n'a
jamais eu honte, il n'a jamais traqué le mépris

dans le regard des filles. Il n'a jamais senti la frite. Je sais bien que cet argument ne pèse rien à côté des preuves que j'attends sur mon identité, mais c'est celui qui résonne le plus profond en moi. Le manque de honte. Et j'ai davantage de haine pour lui à l'évocation de ce manque, je crois, qu'à la pensée de l'amour qu'il a pu faire à Liz derrière les volets que je fixais. Comme si je lui en voulais moins d'être faux que de n'être pas suffisamment vrai.

Elle vient de sortir. Elle traverse en biais, tourne au coin de la rue, part vers les Champs-Elysées en prenant le trottoir côté soleil. Je sors de mon renfoncement, lui emboîte le pas à distance dans la foule des touristes. Elle est vêtue d'un tailleur sexy que je ne connais pas, son imper sur les épaules. Elle a l'air insouciante, regarde les vitrines, se recoiffe en transparence, vérifie discrètement si les hommes se retournent sur elle. Je ne l'ai jamais vue comme ça. Elle si rigide, si coincée en dehors du lit... Elle oblique dans l'avenue de Marigny, presse le pas en regardant l'heure.

Un homme me bouscule, genre culturiste énervé. Il s'arrête, demande des excuses. Je le repousse, enjambe les documents qu'il a laissés tomber. Les yeux sur la silhouette qui creuse l'écart sous les marronniers, j'accélère. Il me rattrape par le bras, exige en élevant la voix que je lui demande pardon. L'instant d'après je le regarde, plié en deux sur le sol. Je n'en reviens pas de ma force, de la précision de ce coup de karaté qui m'a échappé en réflexe. A part les tractions quand je grimpe aux arbres, je n'ai jamais le temps de faire du sport. Comme je n'ai jamais appris le piano.

Je m'esquive tandis qu'un petit attroupement se forme autour du colosse qui se tortille sur le pavé. Je slalome entre les groupes et les voitures, traverse en courant vers le théâtre Marigny. La file d'attente au guichet de location me fait descendre du trottoir. Des camions-régies reliés par des câbles me cachent le carrefour. J'allonge ma foulée, stoppe devant le flot des autos fonçant vers le Rond-Point, tourne la tête en tous sens. Je l'ai perdue.

Soudain je vois ses cheveux disparaître dans la bouche de métro. Je me précipite, dévale les marches, la retrouve au moment où elle prend la direction « La Défense ». Elle remonte le couloir où jouent des violonistes, se met brusquement à courir. Je me dis qu'elle m'a repéré, mais c'est peut-être juste à cause de la sonnerie qui a retenti. Elle saute dans la rame bondée. Je m'y engouffre au moment où les portes se referment, reprends mon souffle en dévisageant mes voisins. Elle est debout à vingt mètres de moi. Je ne sais pas si elle m'a vu, si elle essaie de me semer ou si elle est simplement en retard.

A chaque station, je joue des coudes pour vérifier si elle descend. La troisième est la bonne. Je la vois filer vers la sortie « Avenue de la Grande-Armée », obliquer en suivant le panneau « Côté numéros pairs ». Pas une fois elle n'a cherché son chemin. Ou elle a déjà fait ce trajet, ou elle me balade.

Elle se hâte à la surface, boutonne son imper sous le vent qui s'est levé, descend l'avenue, tourne dans une rue à sens unique. Elle s'arrête devant un hôtel et se retourne soudain. Je l'ai senti une seconde avant, je me suis planqué derrière un tronc. Son regard fouille le trottoir sans aller jusqu'à mon arbre. Elle entre.

Je cours jusqu'à la façade que je longe, le front contre les vitres, essayant de distinguer l'intérieur derrière les rideaux. C'est un bar. Je la vois hésiter sur le seuil, puis s'avancer vers les tables près du comptoir. Je me retire aussitôt, marche vers le portier qui manœuvre son tambour. Je traverse le hall d'un air de client, m'approche de l'entrée du bar pour étudier la carte. Liz est assise sur un canapé d'angle, près d'un jeune d'une vingtaine d'années, sourire malin, blouson sans manches. Un gros appareil photo est posé sur le guéridon à côté de son verre. Il le lui montre avec fierté, lui passe un bras autour du cou. Suffoqué, je la vois qui tend ses lèvres, lui donne un baiser passionné, un baiser de retrouvailles. Comme celui qu'elle échange avec un inconnu dans mon rêve de la Sixième Avenue, sous le montant de la dette nationale.

Un maître d'hôtel s'avance vers moi. Je bats en retraite, retourne jusqu'au tilleul qui m'a caché tout à l'heure. La jalousie que je ressens n'est même plus une violence. C'est un gouffre, une chute libre. Combien a-t-elle d'amants, combien d'hommes va-t-elle mettre dans ma vie ? Celui qu'elle a installé rue de Duras ne lui suffit déjà plus ? Combien de fois va-t-elle me tuer dans les bras d'un autre ? Elle est malade, elle est certainement devenue folle, et cela couvait dans toutes ces années de silence, de pétards, de dépression cachée sous l'ennui conjugal. J'ai trouvé le point de rupture, cette gifle à cause du Jenny Jones Show, mais quelle est la vraie origine du problème ? Son renvoi du cabinet d'avocats, dont elle ne m'a jamais donné une raison convaincante, mes expéditions sans elle dans toutes les forêts du globe, ou la routine de mes heures de labo à cinquante miles de chez nous ? Chaque fois que je la trouvais bizarre, le soir, elle déviait mes questions en m'interrogeant sur l'avancée de mes recherches, et elle avait l'air si captivée, au début, que je ne voyais pas le subterfuge. Je lui racontais mes intuitions, mes expériences, mes découvertes incroyables, elle s'extasiait et ça suffisait à me rassurer sur elle. Persuadé de la faire rêver, je dormais tranquille.

Le photographe sort le premier, son appareil à l'épaule, sourire en coin. Il enfourche un scooter marqué « Presse ». Trois minutes plus tard, elle quitte l'hôtel à son tour et remonte vers le métro, avec la même expression qu'à l'aller. Je lui emboîte le pas, machinalement, sans chercher à comprendre d'où sort ce garçon, pourquoi ce rendez-vous est si court, pourquoi elle a l'air si indifférente, uniquement préoccupée de son image dans les vitrines.

J'accélère pour l'aborder, et je me ravise. Pas ici. Pas en situation de filature. Pas en position de force.

A « Champs-Elysées-Clemenceau », je descends dès l'ouverture des portes, cours à toutes jambes vers la sortie, m'arrête au bout du quai devant un distributeur de boissons où je m'adosse. Je me voûte, les bras croisés, me compose l'air éteint de celui qui est là depuis des heures, qui attend sans but, qui n'espère plus. J'ai repéré son imper dans la foule. Je relève les yeux à son approche, la découvre avec un sursaut.

– Liz !

Elle s'immobilise. Elle n'a pas tressailli, ou à peine. Elle laisse passer un groupe, s'approche de moi. Dans ses yeux, je comprends qu'elle va me dire vous, me demander de la laisser tranquille sinon elle appelle les flics.

– J'ai compris, Liz. Je sais pourquoi tu fais ça.

Son visage se détend. Puis elle fronce les sourcils, réprime un mouvement d'agacement, fait mine de ne pas saisir. Quatre façons de réagir totalement contradictoires. Comme si c'était à moi de choisir, de valider l'une des attitudes proposées.

– Pourquoi je fais quoi ?

La question qui n'engage à rien, posée sur un ton neutre qui peut traduire aussi bien le ressentiment que le défi. Je me lance, d'une traite :

– Tu ne me connais plus, tu m'as remplacé, d'accord. On était devenus des étrangers, c'est vrai, on ne tenait plus que par nos souvenirs, tout ce qu'il y a eu de fort au début entre nous. D'un coup tu as l'occasion de détruire tout ça, et tu le fais : tu m'effaces, tu me nies, très bien, mais pourquoi, Liz ? Pourquoi ? Pour me rendre ma liberté, ou pour me faire comprendre ce que je perds ?

Aucun appui dans son regard, aucun écho. Elle écoute, elle enregistre, elle attend.

– Je te demande pardon, Elizabeth. Je vais

changer. Je vais te prouver que je peux être quelqu'un d'autre. Laisse-moi une chance...

– Tu viens de l'appartement ?

C'est tout ce qui la préoccupe. Voilà, je suis fixé. Je fais non de la tête, lui dis que je n'ai pas osé forcer ma porte à nouveau, revivre l'hostilité, le rejet, le ridicule. Elle enfouit ses mains dans les poches de l'imper, cherche la vérité dans mes yeux. Elle veut être sûre que je n'ai pas revu l'imposteur. Ou que je ne l'ai pas suivie. Mon air désarmé, sans prise et prêt à tout pour rentrer en grâce devrait la conforter.

– Qu'est-ce que c'est que ces conneries ?

Elle a parlé à mi-voix, la tête de côté ; on dirait qu'elle s'adresse à une autre part de moi-même. Elle insiste :

– Tu joues à quel jeu, là ? Tu te fous de moi ? Tu te venges ?

Le ton est net, sans agressivité, sans reproche, avec une incompréhension qui me paraît authentique. A nouveau je perds pied.

– Liz... Je suis ton mari ou pas ?

Elle n'a aucun geste d'impatience, aucun élan, aucune des réactions que j'aurais pu attendre. Elle me fixe, indécise, gravement. Comme si elle devait réfléchir pour répondre à cette question, pour décider d'un comportement. Elle me prend

156

le poignet, brusquement, dans un élan qui me ramène des années en arrière.

– Je ne peux pas, Martin.

– Tu ne peux pas *quoi* ?

Elle regarde autour d'elle, nerveuse.

– Je n'ai pas le choix.

– Il te menace, c'est ça ?

Elle acquiesce, lèvres closes.

– Si tu ne joues pas sa comédie, il s'en prend à toi ? Il te fait chanter ? Mais à propos de quoi ?

– Je ne peux pas te répondre.

– Et qui est-ce ?

– Je ne peux rien te dire, Martin, ça nous dépasse... Tout ce que je veux, c'est qu'on s'en sorte. D'accord ?

Le mélange de supplication et d'espoir dans sa voix me chavire. Elle dit n'importe quoi, elle improvise, je ne la sens pas du tout en danger – en revanche elle a réellement l'air inquiète pour moi, on dirait vraiment qu'elle veut me protéger.

– Que dois-je faire, Liz ?

– Fais-toi oublier, jusqu'à samedi, et tout rentrera dans l'ordre.

– Pourquoi samedi ?

– Je t'expliquerai tout après, mais cache-toi jusque-là, ne parle à personne, n'essaie pas de prouver qui tu es... Promis ?

– C'est quoi, le but ? M'empêcher de bosser à l'INRA contre les OGM ?

Un tressaillement qu'elle réprime, une hésitation dans l'œil, à nouveau. Comme une incrédulité. Je risque :

– Enfin, c'est dément ! Il y a des moyens plus simples de me faire taire, non ? Ou alors c'est autre chose. Si ce n'est pas Monsanto, c'est qui ?

Elle serre mon bras, laisse retomber ses mains.

– On s'en sortira, Martin, je te le jure. Mais planque-toi. Je t'aime.

Et elle est parfaitement crédible. Les yeux plissés, la bouche rentrée, le menton qui tremble. Je la revois embrasser le photographe, le laisser se frotter contre elle. Je lui dis d'accord.

– Tu as besoin d'argent ?

Elle a déjà ouvert son sac, glisse dans ma poche sa carte de crédit.

– Tu as dormi où ?

D'un geste vague, je désigne les bancs sur lesquels des clochards continuent de cuver leur nuit. Elle soupire en secouant la tête, comme si elle me reprochait la situation où je me trouve à cause d'elle.

– Prends une chambre au Terrass.

Les deux syllabes font revenir entre nous l'hôtel d'angle au-dessus du cimetière Montmartre, la suite où l'on s'était aimés vingt-quatre heures d'affilée. Notre premier séjour à Paris. Nos premières vacances d'amants. Je la revois en culotte et chemise, hier matin, au milieu du vestibule, me regardant comme une erreur ; je revois l'autre dans mon pyjama, me disant de la laisser tranquille et m'éjectant de chez eux...

– Je veux savoir une chose, Liz. C'est à cause de moi, ou c'est à cause de lui ?

– De lui ?

– C'est un homme que tu fréquentais, et qui s'est incrusté dans ta vie par le chantage ? Tu as découvert trop tard que c'était un malade, un type qui se prenait pour moi, qui voulait me supprimer pour vivre à ma place ?

Elle se détourne, crispe les lèvres en fixant la rame qui arrive sur le quai d'en face. Je sens que j'ai visé juste – ou alors elle essaie de me le faire croire, pour que j'oublie Monsanto. Elle n'a répondu à aucune question. Et elle m'a donné sa carte Visa pour qu'on puisse me repérer si je l'utilise.

– Laisse-moi gérer. Je te rejoins samedi au Terrass. Fais-moi confiance, Martin.

Un dernier regard, au fond de mes yeux, comme pour réveiller tout ce qui autrefois nous unissait. Cette expression, cette lueur d'appel... Je ne comprends pas. Ce n'est pas de l'amour, c'est de l'amitié. Le souvenir d'une connivence, d'une entente à demi-mot, d'une fraternité à toute épreuve. Le contraire de notre histoire. De notre passion qui s'est tuée dans le malentendu, la déception, les faux-semblants.

Je la serre brusquement contre moi, je presse mes lèvres sur sa bouche. Elle m'embrasse avec naturel, application, bonne volonté... Rien. Je ne reconnais rien, ni sa langue, ni son corps collé au mien, ni ses mains figées sur ma nuque... J'ai un clone dans les bras. Un clone sans émotion, sans désir, sans repères. Un robot qui m'embrasse comme si j'étais le photographe tout à l'heure, ou l'inconnu de la dette nationale... L'exaspération me saisit aux tripes, j'ai envie de la cogner, comme ce lundi matin à Greenwich, la seule fois où j'ai levé la main sur elle.

– A quoi tu penses, là ?

Je le lui dis. Elle hausse les sourcils. Je lui raconte ma version de la dispute, en m'accablant autant que je peux, dans l'espoir de diminuer la violence que je ressens à nouveau contre elle. Elle m'écoute, les yeux fixes, les lèvres entrouvertes. On dirait qu'elle ne se rappelle pas la scène. Malgré moi, j'écarte sa frange. La cicatrice est bien là.

– Reprends-toi, merde ! siffle-t-elle en me secouant. C'est pas le moment !

– Et c'est quoi, cette cicatrice ?

Son regard s'étrécit.

– Un éclat de verre, à Manhattan, le 2 octobre... OK ? Les lunettes. Tu y es ?

– C'est le lampadaire du salon, Liz. Quand je t'ai fait tomber. Pourquoi tu refuses de... ?

– Arrête !

Les gens qui attendent sur le quai nous dévisagent avec curiosité, méfiance, fatigue.

– Va à l'hôtel Terrass, Martin, s'il te plaît. Et attends-moi. Je t'aime.

Elle ne me l'a plus dit depuis huit ans, et là ça fait deux fois en cinq minutes. Je regarde sa silhouette s'éloigner sous la voûte, marcher vers l'escalier de sortie, regagner sa vie sans moi. Je m'attendais à tout, sauf à ce retournement de situation. Elle m'accuse en public de ne pas être moi, et c'est elle qui est devenue une autre. A part le physique et le parfum, elle n'a plus rien de la femme avec qui j'ai vécu dix ans.

Je cherche une pièce, la glisse dans le distributeur, avale un Coca à petites gorgées en fermant les yeux. Que cherche-t-elle ? A me neutraliser, à m'embrouiller, à m'attendrir ? Elle n'est allée au bout de rien, n'a développé aucun argument, creusé aucune des pistes sur lesquelles elle me lançait, n'a justifié aucune de ses affirmations ; elle s'est arrêtée aux sous-entendus, ne s'est pas donné la peine de me convaincre, m'a simplement renvoyé l'écho de mes hypothèses, en me disant de me faire oublier. Le seul moment où elle m'a paru totalement sincère, c'est dans ce regard d'amitié fraternelle qui ne se fonde sur rien.

La secrétaire m'a dit de patienter quelques instants. Je suis assis depuis un quart d'heure entre une sculpture en fer et la condamnation d'une marque de cigarettes, encadrée sous verre, avec le montant des dommages et intérêts surligné en jaune.

Le détective sort de son bureau en raccompagnant une cliente, revient s'excuser auprès de l'homme qui est arrivé après moi : il est à lui dans trois minutes. Il me désigne sa porte.

Je quitte la salle d'attente avec un pressentiment qui se vérifie dès que le chauve en polo noir s'est rassis. Il tire un dossier de la pile à sa gauche, l'ouvre et me déclare d'un ton neutre :

– Vous n'existez pas.

Je lui rends son regard, la bouche sèche. Il étale les documents devant lui et enchaîne :

– Je commence par quoi ? Votre naissance ?

Aucun Martin Harris n'est venu au monde le 9 septembre 1960.

Je riposte, en m'asseyant dans le fauteuil qu'il ne m'a pas proposé :

– Et qui vous a dit ça ?

– L'état civil. Pas plus qu'il n'y a eu de Franklin et Susan Harris travaillant à Disneyworld ou à Coney Island. Vous n'avez pas épousé d'Elizabeth Lacarrière le 13 avril 1992 à Greenwich, le 255 Sawmill Lane où vous prétendez habiter est une scierie, et l'Environmental Science Center de Sachem Street à Yale, dont soi-disant vous dirigez le laboratoire depuis 1995, n'a été construit que l'an dernier. Je continue ?

Tassé contre l'accoudoir, une sueur glacée dans le col, j'ouvre la bouche pour me défendre. Il change de feuille.

– Le service contentieux de Monsanto n'a jamais entendu parler de vous, par contre on a trouvé cinq traités de botanique publiés sous le nom de Martin Harris, ainsi que sa jurisprudence concernant le témoignage des plantes, obtenue devant le tribunal de Madison, Wisconsin, en 1998 – sauf que Martin Harris est mort l'année suivante. Votre numéro d'assuré social correspond à un homonyme, électricien dans le Kansas.

Il relève les yeux, pose ses coudes sur les feuilles et joint les doigts.

– En résumé vous n'êtes pas né, votre famille n'existe pas, aucun de vos collègues n'a reconnu votre photo, et vos découvertes en botanique ont été faites par un autre.

Il referme mon dossier, le pousse vers moi.

– Conclusion : vous me devez mille trois cents euros, et je les préférerais en liquide.

Je me redresse, reprends mes esprits, lui dis qu'il y a forcément une erreur.

– Ce n'est pas mon problème : vous m'avez mandaté pour une vérification de renseignements, mes correspondants l'ont faite, j'en fournis les justificatifs et voici la facture : vous la réglez et nous sommes quittes. Le reste ne me concerne pas, c'est clair ? Ce rapport vous appartient, vous en faites ce que bon vous semble, je ne veux pas savoir à quel trafic vous vous livrez, ni si vous êtes juste un rigolo qui fait perdre son temps aux gens : payez-moi et tirez-vous.

Calmement, les mains levées, le ton raisonnable, j'essaie de lui expliquer que le résultat de sa recherche confirme la thèse d'un complot contre moi : on a effacé mon existence jusque dans les ordinateurs de l'état civil... Mais rien ne bouge dans son visage, et je défais le bracelet de ma Rolex, la pose sur son bureau. Il dit :

– Si elle est aussi fausse que le reste...

Je ne réponds pas. Il saisit la montre, la

retourne, cherche le poinçon, la glisse dans son tiroir. Elle valait quatre mille dollars, il y a six mois, pour mon dixième anniversaire de mariage.

– Au revoir, monsieur Harris. Et félicitations pour votre talent de comédien ; vous avez raté votre vocation.

Je me lève, prends les documents et sors, tandis qu'il se plonge dans le dossier suivant. La main sur la poignée de la porte, je me retourne :

– Vous êtes sûr de vos enquêteurs ?

– Quel intérêt aurions-nous à vous mentir ?

J'ai marché dans les rues, mécanique, sans rien voir, la tête vide, serrant sous mon bras ce dossier qui réduisait à rien quarante années sur terre. Il pleuvait de plus en plus fort. Je suis entré dans un McDo, j'ai acheté des frites et pris des serviettes en papier pour éponger le dossier. J'ai lu les rapports de recherche, les comptes rendus d'interrogatoires. Tout était faux. Sans parler des erreurs de l'état civil, volontaires ou non, rien ne correspondait à ma mémoire, et je savais qu'elle était juste. Un souvenir peut être trompeur, on peut interpréter la réalité, se raconter des histoires, mais pas quand cela touche aux repères essentiels d'une vie, aux détails qui les soutiennent.

Une aberration parmi tant d'autres : l'enquêteur

prétend que, sur les deux grand-huit de Coney Island, c'est le Thunderbolt qu'on a démoli, et que le Cyclone est classé monument historique depuis 1991. J'ignore comment il a pu faire l'inversion, mais pour moi c'est comme s'il affirmait que les tours du World Trade Center sont encore debout, et que c'est l'Empire State Building que les terroristes ont détruit. Je revois le décor, le charme à l'abandon de Coney Island au crépuscule, avec les attractions fermées, les goélands tournant autour du pylône jaune et rouge du Parachute Jump, les jeunes entre deux shoots et les vieux Russes en fauteuils électriques qui roulent vers le ponton avec leurs cannes à pêche. Je vois les ouvriers encordés qui déboulonnent les rails du Cyclone, l'air désolé de mon père dans le carré de gazon en plastique devant la maison de brique, en contemplant ce dernier pan de sa vie qu'on démonte. Gardien d'une attraction désaffectée. Responsable d'un amas de ferraille vendu au poids que les aciéries viendront chercher un jour.

J'ai d'abord cru que l'enquêteur ne s'était même pas déplacé, mais, dans la liste des méprises qu'il affirme avoir relevées, figure ensuite la John Dewey High School. Ce collège en bois au bord des dunes, voilà qu'il en fait un entrepôt marron entouré de barbelés, entre le métro aérien et les bidonvilles climatisés de Brooklyn-Sud. Pourquoi cette confusion ? Par distraction, ou pour brouiller délibérément mes repères, ma conscience du passé, ma logique intérieure ? C'est Rubinstein and Klein qu'il décrit, le grand magasin en face de la station « Bay 50th Street », sur la ligne W, où j'ai travaillé deux mois avant que mon père ne me fasse embaucher par Nathan's. Je le sais quand même mieux que lui, c'est ma vie ! C'est moi qui ai passé toutes ces années entre Coney Island et les bas-fonds de Brooklyn : ces murs taggés au bord d'une rivière à déchets, ces caravanes accolées aux maisons sous les boîtes de clim, ces escaliers antifeu qui tombent en poussière de rouille quand on s'embrasse dessous, c'est ma jeunesse à moi ! Qui est-il, cet anonyme, pour contester mon passé en mélangeant les noms, les lieux, les dates ? Et s'il l'a fait exprès, pourquoi ?

Quant à mon département de Yale qui n'aurait été construit qu'en 2001, les bras m'en tombent. J'aurais rêvé tous ces matins depuis onze ans où je gare ma Ford en face de l'Old Campus pour grimper la colline, sous les érables de Hillhouse Avenue, jusqu'à l'Environmental Science Center ? Et j'aurais vécu toutes ces années sans m'en rendre compte dans une scierie, marié à une femme que je n'ai pas épousée ?

Il y a tout de même un côté positif dans ces

trois pages de démentis : si ma biographie n'est qu'une somme de bourdes et de mystifications, alors celui qui s'est installé à Paris sous mon nom est aussi bidon que moi. Ça me venge brièvement par rapport à ceux qui ont choisi de le croire *lui*, mais ça ne change rien au problème : la preuve que ce Martin Harris-là est un faux ne me rend pas davantage authentique. Pour une raison qui m'échappe, ce rapport fait de nous deux imposteurs. Mais je ne crois pas à une somme de confusions involontaires : comment expliquer que personne n'ait reconnu ma photo, à Greenwich comme à Yale, sinon par la malveillance de l'enquêteur ? La question est de savoir qui a voulu effacer mon existence, rayer ma vie de l'état civil, me détruire aux yeux du monde – et me détruire *en double*.

Je relève les yeux. Autour de moi des jeunes dévorent à pleines dents leurs Big Mac d'où s'échappent salade et cornichons, accordent un regard vague à ce type absorbé dans ses papiers qui laisse refroidir ses frites. J'ai besoin d'extraire de ma tête tous les souvenirs qui se bousculent en riposte, qui me dispersent, emmêlent mes âges et mes lieux... Il faut que je les remette en ordre, que je réponde point par point. Je retourne la page-titre et, le stylo coincé entre le pouce et le bandage, je commence à coucher par écrit le déroulement de ma vie, ma vérité sur les détails infimes et les événements clés.

Une demi-heure plus tard, j'ai rempli le verso des trois pages du rapport d'enquête. Et, si je suis toujours aussi sûr de moi quant au fond, j'ai des doutes sur la forme. La disproportion saute aux yeux. Je suis d'une précision extrême sur des points sans importance, et tout à coup j'ai trois ans que je ne sais comment remplir. Et ce n'est pas tout. Pour se montrer à la hauteur de sa facture, le détective a indiqué en annexe la date à laquelle correspond le montant de la dette nationale figurant dans mon rêve. C'est le 2 octobre dernier. Le jour que Liz a cité ce matin, quand on parlait de sa cicatrice. Et je ne trouve rien dans ma vie, le 2 octobre. Un blanc complet.

C'est peut-être encore l'effet du coma, l'excès de glutamate qui a hypertrophié certains souvenirs au détriment des autres. Ou simplement la faute de l'inattention, de l'usure morale, de la routine dans laquelle chacun finit par se laisser enfermer, même ceux qui se croient à l'abri derrière une passion. Ma passion pour les plantes n'aura fait que protéger ma capacité de travail : affectivement ma vie est un désastre sous des dehors rangés, un échec banal, un bilan de misère que je ferais mieux d'oublier.

Je repousse les feuilles, écœuré. Je n'ai plus la force ni l'envie d'aller surfer sur Internet pour imposer mes arguments, prouver ma bonne foi, dénoncer les mensonges... Pourquoi ne pas lâcher prise, tirer un trait sur ce gâchis, recommencer ma vie ailleurs – ou me jeter sans remords dans la Seine où j'aurais dû rester ? Tout le monde me ment, personne n'a besoin de moi, je les dérange tous et je n'ai plus le cœur à me battre.

Au milieu des clients qui tournent avec leurs plateaux en attendant que je libère ma place, un visage se compose, une voix me retient. La seule personne qui m'ait cru, qui m'ait tendu la main sans arrière-pensée, qui ait été gentille avec moi pour rien. Je descends aux toilettes, décroche le téléphone mural sous les pleurs d'un bébé qu'on change. Muriel répond à la deuxième sonnerie.

– Martin, enfin ! Ça fait deux heures que j'attends votre appel : j'ai une nouvelle géniale !

Je m'apprête à me réjouir pour elle, mais elle enchaîne :

– J'ai eu votre assistant, il a fini par répondre...

– Rodney Cole ?

– Et en plus il parle français, j'y croyais pas ! Il a été complètement sur le cul d'apprendre ce qui vous arrivait. Il est comme vous, il comprend rien au jeu de votre femme, mais il paraît qu'elle est en dépression depuis des mois. C'est un mec formidable. Il m'a dit : je rassemble toutes les preuves que Martin est bien Martin, et je saute dans l'avion. Il sera là demain matin.

– Attendez, attendez, Muriel... Vous m'avez décrit physiquement ?

– Bien sûr ! Et j'ai décrit l'autre fumier. Hé, ho ! Vous n'allez pas vous mettre à douter de vous, maintenant que nous avons la preuve ?

Le « nous » se répercute dans le bruit de la circulation, à l'autre bout du fil. Je ferme les yeux pour bloquer mes larmes.

– Je finis à seize heures, je prends Sébastien à l'école et on se retrouve chez moi, d'accord ? Vous vous rappelez l'adresse ?

– Oui... Et Rodney ?

– Demain matin neuf heures au Sofitel de la porte Maillot. Ça marche ?

Je murmure merci, je raccroche, appuie mon front contre le mur. J'ai passé tant d'heures à lutter en vain contre l'absurde que maintenant où la réalité me donne enfin raison, j'ai du mal à y croire. Pourquoi Rodney, cet arriviste aux prudences vigilantes, aux lenteurs calculées, se donne-t-il soudain autant de mal pour moi, alors qu'il ne m'a même pas reconnu sur photo ? Cela dit, je ne me souviens pas de l'avoir vu mentionné, sinon dans ma liste des personnes à contacter.

Je remonte brusquement à l'étage, me replonge dans les feuilles que j'ai laissées sur la table. A aucun moment l'enquêteur ne précise le nom des gens à qui il a montré mon visage à Yale. Il dit : « ses collègues de l'unité de botanique », « le doyen de son département » – à tous les coups ce tocard est allé à la SFES[1] de Prospect Street, nos concurrents qui nous disputent les crédits de recherche. Evidemment ils l'ont pris pour un journaliste, et personne n'a voulu me faire de la pub. Ils lui ont même raconté que l'Environmental Science Center n'avait qu'un an d'existence, pour le dissuader d'aller faire son reportage sur moi. Le doyen a dû lui vendre son ancienneté prestigieuse, le crédit poussiéreux de ses archives, le taux de réussite de ses étudiants pistonnés, son programme de conférenciers ringards, et l'autre crétin n'y a vu que du feu.

Je replie les feuilles avec un sourire de revanche, en imaginant les réactions de Muriel, tout à l'heure, devant ce rapport, ce monument de mensonges et d'incompétence qui finalement me rend hommage en voulant me gommer. J'ai hâte de la rejoindre, de me retrouver dans ses yeux tel qu'elle me voit. Dommage qu'elle ne soit pas plus sexy ; le désir que m'a laissé la petite vendeuse de Tendance D me remonte à la gorge, avec toutes ces lycéennes à Big Mac qui discutent autour de

---

1. School of Forestry and Environmental Studies.

moi. Tant d'années de frustration, de scrupules, d'envies refoulées sous les ormes de l'Old Campus, quand les silhouettes moulées de mes étudiantes et leurs sourires acquis se découpaient sur les façades gothiques... Toutes ces tentations dominées pour rester fidèle à mon image de professeur intègre. Quel que soit le dénouement de ma situation présente, je ne veux plus de cette vie.

– Tu sais le moment où je me suis vraiment dit que c'était toi le bon ? Quand tu as raconté le coup des hortensias qui trouvent le coupable. Et puis quand l'autre parlait de ton enfance. C'est lui qui récitait les souvenirs, mais c'est toi qui les revivais dans tes yeux : ton père qui taillait les arbres en Mickey, les hot-dogs, le grand-huit... Qu'est-ce que je suis heureuse, Martin ! Confiture ?

C'est beau de voir une femme renaître. Elle est transformée par mon histoire, par le rôle qu'elle a joué, par la confiance qu'elle a eu raison de me garder, envers et contre tous. Je n'objecte rien. Le rapport d'enquête est resté dans ma poche. Je la regarde devenir presque jolie, parce que pour la première fois de sa vie elle ne s'est pas fait avoir, et les plis de sa bouche ont disparu sous le sourire, l'enthousiasme et la taille des tartines qu'elle partage avec moi.

Son fils nous observe, perplexe. On s'est invités

dans son goûter, sur la table de la cuisine. Je me suis découvert une faim d'ogre et on a déjà descendu une baguette, alternant beurre, marmelade, rillettes et Nutella. Qu'importent les doutes et les angoisses que j'ai apportés dans cet appartement sans homme au deuxième étage d'une tour minable : ce soir j'ai décidé d'être celui que Muriel imagine.

– Raconte ton métier à Sébastien.

J'aime bien ce tutoiement qui est venu tout seul, depuis qu'elle est sûre de moi. Je raconte à Sébastien comment j'ai fait pousser des tomates dans le désert sans une goutte d'eau, uniquement en leur mettant de la musique : j'avais transposé en fréquences sonores le signal quantique émis par leurs protéines, et je les leur balançais dans les amplis, sous forme d'un rap végétal agissant comme une hormone de croissance. Il ouvre des yeux ronds au-dessus de son bol de chocolat qui refroidit. C'est un petit bonhomme entre l'enfance et l'acné, avec un duvet noir qui relie ses sourcils et une voix de gamin encore intacte.

– Je l'enregistre, me confie Muriel avec une détresse souriante, dès qu'il est sorti de la cuisine pour aller jouer sur sa console. Je lui prends sa voix tout le temps, sans lui dire : je veux la garder. Tous ses copains ont déjà mué, c'est l'horreur.

– Il a l'air sympa.

– Il est hyper-doué et il est nul en classe : ça l'emmerde. Mais aux tests de QI, c'est le premier. Résultat : il se fait cogner par tout le monde et il régresse. Je sais pas ce qu'il va devenir. J'ai pas les moyens de le changer d'école.

Je hoche la tête, gravement. C'est bon cette vie autour de moi, cette vie concrète, épaisse, fermée ; ce mélange de petits drames insignifiants et d'usure quotidienne, sans horizons ni fausses promesses. Une vie de trimestres et de fins de mois, de solitude encerclée, de kilomètres en vase clos et d'attentes aux aéroports, de prises en charge et de retours à vide. Une vie d'heures volées au travail pour les consacrer aux enfants, un sacrifice sans issue, une cause perdue d'avance.

La fille est arrivée. Dix-sept ans, longue et belle, décalée, l'air ailleurs mais le regard franc. Indifférente et polie. Elle s'appelle Morgane, elle sent l'ammoniaque, la permanente, le lilas de synthèse. Apprentie coiffeuse. Elle avale un jus de pomme adossée au frigo, nous laisse finir notre goûter avec un « ciao », va dans sa chambre écouter de la techno.

Muriel me regarde manger, la joue dans la main.

– Voilà, c'est ma vie, commente-t-elle sobrement. Je les adore, mais tu m'as fait un sale coup. Depuis hier, je n'arrête pas de me demander comment je réagirais, si un soir en rentrant je trouvais une autre femme à ma place.

— Il y a toujours un moyen de prouver qui on est, Muriel.

— Je lui souhaite bon courage et je me barre, oui !

Elle pouffe de rire en mordant ses lèvres, agite la main pour annuler le blasphème, finit son thé en grimaçant.

— Je n'ai jamais le temps de m'arrêter, dans ma vie. Et je crois que ça vaut mieux. Un p'tit Cinzano ?

Sans transition, on repousse nos tasses et on passe à l'apéritif. Elle me raconte son enfance, son mariage, son divorce. Rien n'a d'intérêt, tout est prévisible depuis le départ, mais la rage de vouloir s'en sortir toute seule, d'épargner à ses enfants ce qu'elle a connu, l'énergie dépensée en pure perte contre la fatalité, donne à tout ce gâchis ordinaire la dimension d'une tragédie grecque.

L'heure tourne et son gamin vient demander à quelle heure on bouffe. Elle lui répond de se débrouiller : ce soir elle fait relâche. Je propose de les emmener au restaurant. Ils me regardent comme un martien. Morgane, téléphone à l'oreille, vient nous annoncer qu'elle va dormir chez Virginie. Sa mère tend la main ; elle lui passe l'appareil en soupirant, tourne les talons. Muriel vérifie l'alibi, raccroche, hausse les épaules en me disant que de toute façon elle prend la pilule depuis six mois, et à quoi bon se coucher tôt pour être en forme dans un boulot qu'on n'aime pas.

– Choisis dans les surgelés, dit-elle à son fils en finissant son troisième Cinzano.

Je demande quelle voix avait Rodney au téléphone.

– Normale. Il t'apprécie beaucoup, en tout cas. Il m'a demandé vingt fois comment tu réagissais, si tu tenais le coup, ce que tu comptais faire avec ta femme...

– Tu l'as eu sur son portable ?

– J'ai rappelé le numéro qui était mémorisé. Tu vas faire quoi, avec ta femme ? Avec les gens qui t'ont monté ce bateau ?

– Je ne sais pas.

– De toute façon...

Elle laisse sa phrase en suspens dans son verre. Le début d'ivresse diminue l'euphorie, l'éloigne de mon histoire, la renfonce dans sa réalité d'où elle ne sortira plus, quand mon problème sera réglé. Demain j'aurai les preuves de mon existence, je repartirai de mon côté faire ce que j'ai à faire, et pour elle il n'y aura plus de neuf... Je peux suivre toutes les pensées sur son visage, entre les mèches inégales qui s'échappent des pinces. J'ai donné un grand coup de vent dans sa vie, un vent de folie, un vent d'absurde, et maintenant tout va rentrer dans l'ordre, en pire.

Elle tend la main vers la bouteille, renverse son verre. Je m'écarte trop tard. Elle me dit qu'elle est désolée, m'indique la salle de bains, plonge la tête dans ses bras croisés.

Je me retire, par discrétion. Morgane est en train de se maquiller devant l'armoire à pharmacie, me dit d'entrer, je ne la dérange pas. Je vais ouvrir le robinet, tamponne les taches sur ma veste. Elle regarde la bande adhésive qui s'effiloche sur ma main droite.

– Ça fait mal ?

– Ce n'est rien, ça se remet tout seul.

Elle dessine un trait avec son crayon à paupières, me conseille un cataplasme à la mie de pain et au gros sel.

– Mon père est avec une femme qui a des chevaux : quand j'allais chez eux, je tombais tout le temps. Le gros sel, c'est béton pour les œdèmes.

Je la remercie.

– Ça fait longtemps que vous connaissez maman ?

Peut-être que Muriel leur a caché notre accident. Je réponds oui. Et c'est vrai qu'une part de moi aurait pu la connaître à vingt ans, vivre une existence semblable, fonder ce genre de famille... Nos départs se ressemblent.

180

– Vous avez l'air de lui faire du bien.

Elle attaque son deuxième œil, me demande si on est juste amis. J'acquiesce en frottant le tissu au savon. Un téléphone sonne dans une autre pièce.

– C'est une femme super, vous savez. Mon père l'a cassée grave : depuis, y a plus que nous dans sa vie. Ça me gave qu'elle soit seule.

Je me concentre sur les auréoles qui s'agrandissent. Elle repose son crayon à paupières, vient prendre un tube sur le lavabo.

– Elle vous plaît pas ?

Je soutiens son regard, tandis qu'elle dévisage mon silence. Il y a un vrai reproche dans ses yeux, une vraie admiration pour cette mère qu'elle a dû haïr avant de la comprendre.

– Si, elle me plaît, mais...

Elle pince les lèvres sous mes points de suspension. Puis, avec un soupir, elle ôte son tee-shirt, défait son jean. Les seins nus, elle va sortir du placard une robe qu'elle enfile, de dos.

– Bonne soirée, dit-elle en se retournant sur le seuil, avec un sourire.

Je reste figé au milieu du carrelage, bouleversé par ce geste, cette brusquerie dans la délicatesse ; cette façon d'éveiller par son corps mon désir pour sa mère.

– Martin !

Muriel m'appelle dans le claquement de la porte palière. Je la rejoins au salon. Elle est debout contre la bibliothèque, son téléphone à l'oreille.

– Je vais lui dire, merci. Embrasse Ginou, reposez-vous bien. C'était Robert, fait-elle en coupant la communication. Mon copain taxi qui m'a prêté sa voiture. Il vient de rentrer de vacances, il a appelé les flics : ils ont retrouvé le camion qui nous a foutus dans la Seine. Au fond d'une décharge, en Eure-et-Loir. Tu sais quoi ? On l'avait volé !

Elle se réjouit : elle espère que ça va l'aider, pour l'assurance et le retrait de permis, d'avoir refusé la priorité à un camion volé. Je ne fais pas de commentaires. Je reste à contempler les vieux livres abîmés qui s'alignent sur les étagères. Quelque chose remue dans ma mémoire, que j'essaie d'isoler – un regret, un manque, une association d'idées... Je ne sais pas si le lien est avec les paroles de Muriel, ou avec l'odeur de cave et de cuir moite qui imprègne la bibliothèque.

– L'héritage de mes parents, dit-elle en suivant mon regard. Toute l'histoire des religions sur terre depuis que l'homme a inventé Dieu pour se taper dessus. Des nids à poussière bourrés de microbes, mais j'arrive pas à les jeter. Ils y tenaient tellement. Ça me fait chier, la mémoire.

Elle débouche une bouteille de blanc, poursuit :

– Quand tu es revenu à toi, j'ai pensé que tu serais amnésique ; je me suis dit : quel bol.

Sébastien nous apporte des poissons carrés, chapelure molle et fourrage tomate, qu'on mange autour de la table basse en regardant les infos. Des inondations, des plans de paix, des attentats, du foot, une marée noire, la visite officielle du président américain, les ennuis de la reine d'Angleterre. Muriel râle à cause des bouchons, énumère les nuisances du mois : trois chefs d'Etat, douze manifs, la fermeture des voies sur berge... Ce n'est plus possible de rouler dans Paris. En plus le maire a bétonné les couloirs de bus : les taxis ne peuvent plus en sortir quand un camion de livraisons les bloque. Je l'écoute d'une oreille distraite, approuve en mangeant.

– Tu penses à quoi, Martin ? Tu as l'air embêté, là.

– Non, je me demandais pourquoi on était passés par la Seine. Je commence à me repérer dans Paris, et... Ce n'était quand même pas très direct.

Elle me sonde en fronçant les sourcils, l'air tendu. Je fais mine d'oublier ma phrase dans les prévisions météo. Je ne voudrais pas qu'elle croie que je l'accuse d'avoir fait un détour pour rallonger la course.

– Qu'est-ce que tu appelles « pas très direct » ?

– Rien... Passer par la Seine pour aller à l'aéroport Charles-de-Gaulle, en partant de chez moi.

– De chez toi ? Rue de Duras ? Mais je t'ai pas chargé là-bas !

– Et tu m'as chargé où ?

Elle attrape la télécommande, coupe le volume.

– A Courbevoie.

– Où ça ?

– Courbevoie, répète-t-elle d'un ton d'évidence. Boulevard Saint-Denis.

Je tombe des nues.

– Et qu'est-ce que je faisais là-bas ?

D'un signe, elle m'indique que c'est à moi de le savoir. Je me creuse, en vain.

– Tu es sûre ?

Elle confirme, radoucie, me demande si c'est le premier souvenir qui me manque. Je reste vague.

– On prend M6, décide son fils en récupérant la télécommande.

Il zappe, remet le son. Elle lui rappelle qu'il a école à huit heures. Il s'installe entre nous, sur le canapé jaune, et on regarde une bande de filles qui apprennent à chanter en vase clos et se calomnient mutuellement devant la caméra, chacune s'efforçant de faire éliminer les autres par les téléspectateurs pour devenir une star de la chanson. Le gamin dévore des yeux cette belle aventure, vibrant pour une beurette androgyne et traitant les autres de

184

pouffes. Quand tombe le verdict et que sa candidate en pleurs est virée par le scrutin téléphonique, il jette la télécommande et sort du salon. Je reste avec Muriel, un coussin vide entre nous. J'ai passé l'émission à refaire le trajet dans ma tête : on arrive rue de Duras, je me fais soigner à la pharmacie, je rejoins Liz devant France Télécom, on s'installe au café avec nos valises, je découvre qu'il manque l'ordinateur, je cours après le taxi de Muriel en criant pour qu'il s'arrête... C'est vrai que je ne visualise pas le paysage à ce moment-là, mais comment me serais-je retrouvé à Courbevoie ?

– Ça t'ennuie d'aller lui raconter une histoire ?

Je la regarde, étonné.

– Il est un peu vieux, je sais, mais... Depuis son père, on ne lui a plus... Laisse tomber, se ravise-t-elle en changeant de chaîne. C'est trop tard.

Je me lève, pose une main sur son épaule pour l'empêcher de me retenir. Sébastien est allongé sur le ventre, les mollets à la verticale, plongé dans un manga. Des monstres et des joueurs de foot tapissent les murs. Il me dit que je peux m'asseoir et bouquiner : ça le dérange pas. Je m'approche d'un petit aquarium posé sur une étagère, avec deux poissons pelés en suspension et trois pauvres cailloux dans un décor d'algues.

– Tiens, tu as des achlyas.

Il lève un œil, me demande ce que c'est.

– Une algue bisexuée. Elle donne des couleurs magnifiques aux poissons, quand elle se reproduit.

– Elle est nulle, alors. T'as vu leur bronzage ?

– C'est parce que les filaments ne se touchent pas. Chez les achlyas, la puberté ne se déclenche qu'au contact de l'autre sexe. Les tiennes vont rester enfants toute leur vie, si tu les laisses comme ça.

Je plonge les doigts dans l'eau sale, rapproche les cailloux pour coller entre eux les brins vert pâle. Il a quitté son lit, m'écoute d'un air curieux en fixant le bocal.

– Tant qu'elles ne sont pas en présence, elles n'ont pas d'identité. Mais ensuite elles peuvent se modifier au gré des rencontres, devenir mâle ou femelle en fonction de l'attirance...

– Elles sont homos, mes algues ?

– Transsexuelles. L'avantage qu'elles ont sur l'espèce humaine, c'est qu'elles peuvent changer de sexe autant de fois qu'elles veulent. Ça dépend de qui elles sont amoureuses.

– Je croyais qu'elles étaient mortes.

– Elles attendaient que tu t'intéresses à elles.

Sur le seuil, Muriel nous regarde penchés sur l'aquarium. Elle a les larmes aux yeux. Il se retourne. Elle se retire. Il regagne son lit, me demande comment j'ai décidé de faire ce métier.

– Les feuilles bleues.

– Les quoi ?

J'ai sursauté juste après lui. Je ne sais pas pourquoi j'ai dit ça, ni à quoi renvoient ces mots. Il n'y a pas de feuilles bleues dans la nature. Sauf chez certains conifères, mais on appelle ça des aiguilles.

– Tu le savais, à mon âge ? relance-t-il.

– Oui. Je crois.

– T'as du bol. Moi je sais pas ce que je veux faire. D'façon, tout est bouché, se rassure-t-il.

J'esquisse un sourire de compréhension, solidaire, m'approche du lit, hésite. J'ignore si ça s'embrasse encore, un garçon de cet âge. Il me tend la main, je la serre, et sors de la chambre en répétant les deux mots dans ma tête. *Feuilles bleues*... La sonorité liquide fait naître des images floues, des bribes de voix qui s'emmêlent, tournent court.

Je retrouve Muriel au salon. Elle est assise par terre, devant la télé éteinte.

– Ça avait l'air de lui plaire. Je sais pas ce que tu lui racontais...

– N'importe quoi : c'est le résultat qui compte. Les algues de son aquarium sont des moisissures quelconques, mais dorénavant il les regardera comme des couples en puissance, des ados qui se cherchent.

Ma franchise la choque. Ou ma délicatesse.

– Tu te forces pour moi, ou tu es comme ça tout le temps ?

Je réponds d'un soupir indécis.

– Tu as jamais eu d'enfants ?

– Non.

Elle se relève en disant que c'est dommage pour eux. Elle regarde l'heure.

– Tu sais où dormir ?

– Non.

– Le canapé ?

– Merci.

Elle va dans sa chambre, revient avec un oreiller et une couverture. Je n'ai pas bougé.

– Ça ne va pas, Martin ?

– Je ne sais pas. Je me pose des questions.

– Moi aussi.

On se regarde, désarmés. Elle dépose l'oreiller, étale la couverture. Elle s'approche de moi. Je la prends dans mes bras, et on essaie d'oublier le reste.

Liz l'embrasse, le repousse doucement. Sous les chiffres lumineux qui défilent, elle esquisse un petit geste d'au revoir, une promesse de retrouvailles. Elle s'écarte. Il redresse ses lunettes, va pour remonter dans sa limousine arrêtée contre le trottoir. Son crâne éclate, il tombe à la renverse.

Je me réveille en sursaut, cligne des yeux, regarde autour de moi. Je suis dans une chambre mauve, un rayon de soleil traverse les lamelles du store. Des voix résonnent, à côté.

Je remonte la couette qui sent l'amour et l'assouplissant. Je roule sur le ventre, assourdis les bruits au creux de mon coude, le sourire dans l'oreiller. C'était violent et doux, cette nuit, si fort et si simple en même temps... On était comme deux mômes qui étouffent leurs cris de plaisir à cause des parents. Ça n'avait rien à voir avec ce que j'ai pu connaître, pourtant je ne me sens pas différent : quelque chose se recolle en moi, se remet en place après des années de contorsions. J'aimais le sexe avec Liz parce qu'il faisait d'elle une autre femme ; elle refoulait ses froideurs, ses rancœurs en n'écoutant que son corps. Elle s'oubliait dans l'amour. En se donnant, Muriel se retrouve. Je l'ai découverte insouciante, joueuse et tendre comme elle le serait tout le temps si la vie lui laissait de l'air. C'est une femme abîmée qui se répare en aimant, pas une enfant gâtée qui casse ses jouets et se détériore. Une semaine hors de mon quotidien et je ne reconnais plus rien : je me sens complètement étranger à mes choix, mes concessions, mes prétextes. Je me suis uni à quelqu'un d'inconciliable en comptant sur les nuits où nos corps se comprenaient ; la distance à combler entre nous le reste du temps me semblait un vrai chemin d'amour. Mais c'est quand même plus simple d'aimer directement quelqu'un de proche.

Cela dit, je ne sais pas qui je vais retrouver ce matin, quel genre de Muriel m'attend de l'autre côté du mur. Peut-être que les lendemains la rendent aussi mélancolique que le retour à la normale après deux jours d'absurde. J'ignore si on fera semblant, si on passera sous silence, si on se dira qu'on a eu tort ou qu'on voudrait davantage. Le matin après l'amour est encore une première fois.

J'enfile mes vêtements dispersés aux quatre coins de la pièce, rejoins Muriel dans la cuisine. Elle est attablée avec un vieux en blouson vert, qui se tourne vers moi et me sourit avec chaleur.

– Je suis Robert, me dit-il. Ravi. Et désolé de vous réveiller : j'avais besoin du taxi pour une habituée. Tous les six mois je l'emmène en cure au Touquet : ça va faire dix-sept ans...

– Sébastien, moins vingt-cinq ! crie Muriel.

Elle est en train de remplir un formulaire, le signe, le remet à son collègue, me dit qu'elle aussi, la mort dans l'âme, elle va devenir G7, maintenant, si toutefois on lui laisse son permis et qu'on l'accepte sur la liste d'attente.

– C'était une folie de rester indépendante, appuie Robert en me prenant à témoin.

190

J'acquiesce, m'assieds. Je vois que la vie a repris ses droits, ce matin, que la femme tendre et déchaînée de cette nuit est rentrée dans le rang. Elle me sert un café, me demande si j'ai bien dormi. Je réponds oui d'un ton neutre.

– Je pourrais t'avoir une voiture pour demain, Antonio va se mettre en arrêt maladie avec sa grippe.

– Elle est pourrie, sa caisse.

– T'es chiée, sourit-il en se lavant les mains dans l'évier. Allez, je vous laisse.

Ils s'embrassent sur les joues. Sébastien passe une tête, sac à l'épaule, me demande si je suis là ce soir.

– Moins le quart ! répond sa mère.

– Je te dépose à l'école, Séb ?

– Non, ça va, les potes m'attendent. A plus.

Il claque la porte palière. Le téléphone de Muriel sonne, elle répond, écoute, demande à Robert qui ferme son blouson :

– Huit heures quinze Batignolles pour Austerlitz, tu peux ?

– Ça marche.

Elle note l'adresse sur le coin de la table.

– Je suis content pour elle, murmure Robert, les yeux dans mes yeux, en me broyant les doigts.

Il n'a pas remarqué le bandage et je ravale la douleur avec un air sympathique. Elle lui donne l'adresse, lui rend ses clés de voiture. Il plie le formulaire de candidature dans sa poche, lui promet qu'il va faire jouer tous les pistons possibles.

Dès qu'il est sorti de l'appartement, Muriel bondit sur moi et me serre contre elle, me respire, m'embrasse, me griffe le cou, m'écarte pour me regarder.

– Tu as aimé ? demande-t-elle brusquement d'un ton inquiet.

Sans me laisser le temps de répondre, elle me pousse vers la chambre en déboutonnant ma chemise, sourire en coin.

– Tu as rendez-vous dans une heure, tu en as pour dix minutes en RER jusqu'à la porte Maillot... Ça nous laisse quarante-cinq minutes, si on est raisonnables.

Elle me bascule sur le lit, ôte son jogging, vient sur moi.

– T'es pas le même homme quand tu fais l'amour, souffle-t-elle à mon oreille.

Elle descend le long de ma poitrine avec sa langue, défait ma ceinture avec lenteur. Bruit d'explosion.

Elle bondit à la fenêtre, arrache le store.

– Robert ! hurle-t-elle.

Devant le bloc d'en face, une voiture est en feu.

Il est assis derrière un journal, jaillit de son fauteuil en m'apercevant.

– Tout va bien, Martin : j'ai toutes les preuves qu'il faut.

Il s'arrête, coupé dans son élan, me dévisage avec alarme.

– Qu'est-ce qui se passe ?

Je le fixe, cherche à deviner ses motivations, à déceler l'indice d'un double jeu. Rien : de la franchise, du dynamisme et de l'anxiété de boy-scout. Regard juvénile, front dégarni, main sur l'épaule.

– Bon, vous allez tout me raconter.

Je m'assieds, il réintègre son fauteuil, penché en avant, le front plissé par mes ennuis. J'ai tellement attendu ce moment : être authentifié par un de mes proches. Et pourtant un malaise m'empêche de me livrer à cet homme à peine plus jeune que moi, dont le respect et la servilité de façade me paraissent plus artificiels que jamais. Il intrigue depuis des années auprès du doyen pour préparer ma succession, et ce matin il débarque en sauveur, avec son témoignage et ses pièces à conviction. Je cherche une mallette autour de lui.

– J'ai loué une voiture à l'aéroport, dit-il en devançant ma question. Je suis passé chez un ami, prendre une douche et mettre les documents à l'abri.

Le barman s'est approché de nous, le laisse finir sa phrase avant de nous demander ce qu'on désire. Rodney le renvoie, avec une autorité que je ne lui connais pas.

– Vraiment, enchaîne-t-il, Elizabeth prétend que vous n'êtes pas son mari ? Mais comment vous l'expliquez ?

– Je lui ai parlé seul à seule, hier matin. Le type qui se fait passer pour moi l'oblige à mentir, il la fait chanter ou elle est complice, je n'en sais rien...

– Mme Caradet ne m'en a pas parlé.

– Je n'ai pas tout dit à Mme Caradet. Mais c'était déjà trop : on vient de faire sauter sa voiture.

Il sursaute, reste bouche bée.

– On veut notre peau, Rodney.

– Ça s'est passé quand ?

– Il y a une heure.

– Elle s'en est tirée ?

J'acquiesce. Elle a foncé récupérer son fils à

l'école et sa fille au salon de coiffure ; ils sont chez une amie en lieu sûr, je lui ai interdit d'utiliser son portable.

– Je ne peux pas croire que Monsanto s'en prenne à vous de cette façon ! proteste-t-il.

Apparemment, Muriel lui a fait un rapport complet.

– Rodney... Quelqu'un est au courant de votre arrivée à Paris ?

– Un ami, dit-il en baissant les yeux.

– Qui ça ?

– L'ami qui m'héberge, ici.

– Vous répondez de lui ?

Geste vague, petite moue. Il est célibataire, je ne lui connais pas de liaison, mais je ne me suis jamais intéressé à sa vie privée.

– Vous lui avez parlé de ce qui m'arrive ?

– Non... J'ai dit que je venais prêter main-forte à mon patron qui a des problèmes, c'est tout.

– Je n'existe plus, Rodney. Ils m'ont fait disparaître des registres de l'état civil. Ils ont rayé mes parents, mon mariage, ils font croire que le Martin Harris de Yale est mort depuis trois ans, et que mon numéro d'assuré social est celui d'un électricien du Kansas.

– Mais c'est dingue !

– Ou alors c'est le détective que j'ai engagé... Peut-être qu'ils l'ont payé pour me raconter tout ça.

– On y va, décide-t-il en se levant.

Devant le Sofitel, des barrières métalliques empêchent les voitures de stationner. Des gardes postés tous les vingt mètres dans l'avenue des Ternes, un cordon rouge sur la poitrine, attendent un cortège officiel.

– Le Président arrive à 15 heures, me glisse Rodney en traversant. Vous auriez vu les mesures de sécurité, à l'aéroport... Toute la police est sur les dents.

Sous-entendu : mon problème personnel tombe mal. J'ai bien vu, à Clichy, l'impatience agacée des flics autour des débris du taxi. Une bagnole incendiée dans une cité chaude, en ce moment, ils n'ont pas que ça à faire. Je les ai laissés conclure au cocktail Molotov ; je n'allais pas me faire embarquer pour interrogatoire en leur souf- flant l'idée d'une bombe reliée au démarreur.

Je marche trois pas derrière Rodney, jusqu'à une petite rue perpendiculaire au boulevard péri- phérique. Je me retourne à chaque instant, dévi- sage les passants, vérifie les renfoncements, les porches, les voitures. Il m'ouvre la porte d'un monospace. Je le regarde démarrer. On se dirige vers la banlieue, entre les lampadaires garnis de drapeaux entrecroisés. Il me jette des coups d'œil à la dérobée, en feignant de consulter son rétro. Je ne crois pas qu'il ait des doutes sur moi,

196

mais on dirait qu'il essaie de savoir si j'en ai sur lui.

– Je vous admire, Martin, déclare-t-il en traversant un pont.

– Pourquoi ?

– Votre sang-froid. Mme Caradet m'a raconté votre accident, votre coma... Et moi je vous retrouve exactement comme avant.

– C'est vrai ?

J'ai beau être lucide sur ses flatteries, sa réflexion me touche d'autant plus qu'il se trompe. Je n'ai plus rien de commun avec cet homme renfermé qui fuyait sa vie dans les plantes, cachait les déceptions humaines sous les passions végétales. Mais j'ai trop souffert du regard des autres pour cesser de faire semblant.

– Qu'avez-vous dit à la police, exactement, Martin ?

– Qui j'étais. Mais l'autre est arrivé avec son passeport à mon nom, et ils ont effacé ma plainte. Il faut tout reprendre de zéro, en incluant les tentatives de meurtres. Qu'est-ce qu'on a, comme preuves que je suis moi ?

– Des reportages sur vous, la cassette de votre interview à CBS, votre carte de parking à Yale, votre diplôme *honoris causa* de l'université de Bamako, des feuilles d'impôts, des notes de téléphone, des remboursements de frais, la photo de vos parents... Tout ce que j'ai trouvé dans votre bureau.

Je fronce les sourcils.

– La photo de mes parents ?

– Et celles où vous êtes avec Liz, oui.

Je hoche la tête, en continuant de vérifier dans le miroir du pare-soleil que nous ne sommes pas suivis. Je n'ai aucun souvenir de photos personnelles dans mon bureau. Il a dû fouiller de fond en comble.

– On arrive bientôt.

Il a quitté l'avenue embouteillée, roule dans un quartier résidentiel où les chantiers alternent avec de vieux pavillons en meulière plus ou moins délabrés. Ce décor me dit vaguement quelque chose, un souvenir remonte mais n'arrive pas à se préciser ; je ne sais pas où le situer, ni à quoi le relier. On dirait que ma mémoire travaille à vide. Ou qu'elle bute sur un obstacle.

– On se connaît depuis quand, Rodney ?

– Longtemps, sourit-il.

J'aimerais qu'il soit plus précis, mais il a l'air de vouloir esquiver par délicatesse les trous dans ma mémoire, alors que je suis en train de tester la sienne. Quelque chose en lui ne fait pas *vrai*, je ne sais pas quoi. J'ai la même impression qu'avec Liz, hier matin. Pourtant je le connais par cœur.

198

Je me demande pourquoi j'éprouve ce réflexe de défense, ce recul bizarre...

– Vous êtes allé à l'ambassade ?

Je réponds que je me suis fait jeter.

– Et votre collègue de l'INRA ? Vous ne l'avez pas recontacté ?

– Non. Il croit l'autre.

J'ai guetté ses réactions du coin de l'œil. Il paraît soulagé. Mais c'est peut-être simplement l'optimisme qu'il affiche pour me remonter le moral. La voiture s'engage dans un rond-point, tourne à gauche, roule encore cent mètres dans une ruelle en pente.

– On y est, dit-il en actionnant le boîtier d'une ouverture à distance.

Le monospace franchit un portail recouvert d'une glycine jaunie. Mon regard tombe sur le pilier en pierre fendue où s'inscrit le nom de la villa : *Les feuilles bleues*. Une onde de choc se répercute dans mon crâne, comme un barrage qui cède au ralenti, un paysage entier qui se recompose. Je ferme les yeux, cale ma nuque sur l'appui-tête, laisse les images se mettre en place.

– Ça ne va pas, Martin ?

– Si, si. Un petit coup de barre, mais ça ira.

Il se tait. Je rouvre les yeux, reconnais l'allée en gravier sous les tilleuls, le perron à verrière devant lequel il se gare, la moto attachée à un saule.

– C'est drôle, ce nom, *Les feuilles bleues*, dis-je avec le sourire dégagé de celui qui vient pour la première fois. Ça se rapporte à quoi ?

– Je ne sais pas. C'était peut-être la maison d'un écrivain, dans le temps.

L'air est doux, les bruits étouffés, les voisins cachés par des thuyas immenses laissant le parc à l'abandon dans une demi-pénombre. Nos pas craquent dans les feuilles mortes. Je monte derrière lui les six marches de la terrasse que j'avais dévalées dans l'autre sens. Je retrouve le grincement de la porte frottant sur le dallage, le tintement des vitres opaques contre les barreaux de fer noir. Et l'odeur, ce mélange d'humidité et de chauffage électrique. Les bruits de dilatation des radiateurs par-dessus le tic-tac de l'horloge.

Un jeune en survêt prépare du café à la cuisine. Rodney nous présente.

– Pascal, mon ami parisien. Le professeur Martin Harris.

On se salue, on se dit qu'on est enchantés. C'est l'homme qui m'a demandé du feu, avant-hier, devant le poste de police.

– Un café, professeur ?

– Merci, oui, avec plaisir.

– Vous l'aimez fort ?

– Oui.

La radio diffuse le commentaire d'un match de tennis. Il emplit une tasse, me la tend, m'explique que personnellement il le boit beaucoup plus allongé.

– Et si vous avez faim, je vous en prie, enchaîne-t-il avec un sourire cordial en désignant le petit déjeuner entamé sur la table.

– Excusez-moi un instant, dit Rodney Cole.

Il ressort dans le couloir, ouvre la porte sous l'escalier. Je prends une biscotte, y étale du beurre en attendant le bruit de la chasse d'eau. Tandis qu'elle se déclenche, je m'approche de Pascal qui continue de remplir son filtre et, tout en m'exclamant que c'est bon de se sentir enfin dans un climat de confiance, je l'égorge. Sans cesser de parler, j'étouffe son cri, l'assieds sur une chaise contre le mur, le cale avec la porte du frigo. Le commentateur salue un échange magnifique, pardessus les applaudissements du public. J'essuie le couteau, le glisse dans mon dos sous ma veste, reprends ma tasse et quitte la cuisine au moment où Rodney sort des toilettes. Je m'arrête sur le seuil. D'où il est, il ne peut pas voir le coin du réfrigérateur. L'air sous pression, le sourire en bataille, il m'invite à monter à l'étage pour me montrer le dossier qu'il a constitué.

Je grimpe l'escalier derrière lui, ma tasse à la

main, revois la façon dont je me suis enfui d'ici, huit jours plus tôt. Ma course à travers le parc, dans les rues de Courbevoie, le taxi de Muriel qui traversait l'avenue... Tous les détails s'assemblent, avec une clarté minutieuse.

Rodney Cole ouvre la porte d'une pièce meublée de cartons, me désigne le gros hirsute assis à une table dans la fumée de son cigare.

– Vous connaissez le Dr Netzki ?

Je dis non, salue d'un signe de tête le transfuge qui a travaillé trois semaines sur moi au centre de conditionnement. Sommité du KGB, il s'est vendu aux enchères en 1992. Pékin le voulait, Washington l'a eu.

– Incroyable, murmure-t-il en se levant.

Il referme son veston boudiné, s'approche. L'autre sort un Mauser, appuie le silencieux sur ma tempe. Je me compose un air de stupeur.

– Qu'est-ce qui vous prend, Rodney ?

Il ricane. Les quelques ratages de sa carrière ont toujours été liés à son ego : mauvaise évaluation du potentiel de l'adversaire.

– Assieds-toi, Martin. Je vais te surprendre : tu ne t'appelles pas Martin. Et moi je m'appelle Ralph Channing. Ça ne te dit rien ?

Je prends l'air tombé des nues, pour qu'il savoure son petit effet. Il s'est toujours choisi des noms qui respectaient ses initiales : où va se nicher l'orgueil... D'une main brusque, il m'assied dans un fauteuil.

– Doucement, intervient Netzki.

– Ça va, je vais pas l'abîmer, votre créature, réplique Ralph en se posant à califourchon sur la chaise en face. Allez-y, doc.

Le canon distraitement pointé sur moi, il regarde le conditionneur poser son cigare et venir se plonger dans mes yeux, murmurer de sa voix lente :

– Vous allez vous détendre. Quand je dirai quatre, vous serez totalement détendu. Un : vous relâchez vos pensées, vous êtes en confiance... A huit, vous retrouverez l'état de veille que vous êtes en train de quitter...

Je lui demande à quoi rime ce cirque.

– Deux : vous êtes pleinement vous-même et rien n'est un problème... Le seuil de votre conscience recule et se déplace avec ma voix. Trois.

Il continue à compter et je ne proteste plus. Le regard fixe et la bouche pendante, je me comporte en sujet hyper-réceptif, comme il en a l'habitude.

– Vous êtes maintenant totalement détendu, plus aucune tension ne subsiste et, quand vous entendrez sept, je vous dirai qui vous êtes et vous me répondrez si c'est la vérité... Sept. Vous êtes

Martin Harris, botaniste, époux d'Elizabeth Lacarrière...

– Oui.

J'ai parlé sans dérober mon regard, en le fixant au niveau des sourcils.

– Incroyable, répète Netzki.

– Probabilité qu'il simule ?

– Pourquoi le ferait-il ? S'il s'est enfui d'ici de peur qu'on l'élimine, pourquoi venir se remettre dans la gueule du loup ?

– Il s'est passé *quoi*, alors ? s'énerve Ralph.

– Un effet secondaire du coma. La mémoire implantée en renfort s'est substituée à la sienne.

Le Russe claque ses doigts devant mon nez.

– Huit !

Il enfourne son cigare, me détaille avec fierté.

– Et si je vous disais, reprend-il au bout d'une minute sur un ton de jubilation gourmande, que vous êtes un personnage de fiction ?

Je me défends avec la même sincérité que j'ai eue pendant trois jours, sauf que maintenant elle est crédible : je la contrôle.

– Et je suis d'autant mieux placé pour vous le dire, poursuit-il, que cette fiction est de moi.

– Il t'a entré dans la tête un bouquin de jardinage, la brochure Disney et l'annuaire de Yale. Tu piges ?

– C'est un peu plus complexe, nuance le

204

conditionneur. Je vous ai programmé votre identité de Martin Harris, votre biographie, les bases de votre caractère, et un fichier de connaissances en botanique où puiser pour faire vrai...

– Steven Lutz, ça te dit quelque chose ?

Je secoue la tête machinalement, sans autre réaction.

– C'est toi.

Mon silence abasourdi lui déclenche un mouvement d'impatience.

– Ce qui me sidère, continue Netzki en sondant mon regard, c'est tout ce que votre esprit a construit à partir de mon schéma. La multitude de souvenirs que vous vous êtes inventés tout seul... Lorsque Sabrina m'a répété...

– Liz, ta femme, précise Ralph. En fait Sabrina Wells, ta partenaire sur tous les contrats depuis cinq ans. Toujours rien ?

Je demeure sans voix, l'air tétanisé, incrédule. La cicatrice sur son front, c'était un éclat de lunettes, le 2 octobre, quand j'ai fait sauter le crâne du sénateur Jackson depuis la fenêtre d'hôtel plongeant sur le panneau de la dette nationale. Pourquoi mon inconscient a-t-il à ce point maquillé cet incident ?

– ... lorsque Sabrina m'a répété vos propos dans le métro, reprend Netzki, les détails intimes que je ne vous ai jamais programmés, les scènes entières que vous relatiez pour lui rappeler une vie conjugale qui n'a pas eu lieu, j'étais ébloui. Ebloui par la faculté qu'a le cerveau de développer tout un monde logique, autour d'un corps étranger greffé dans la mémoire.

– Ça te rafraîchit les idées ? marmonne Ralph.

Je secoue encore la tête, comme si le choc me rendait incapable de proférer un son.

– Je vais t'aider, vieux : tu fais partie de la section 15.

Je répète le chiffre avec un froncement de sourcils. Mon chef de mission tourne un regard glacé vers le Russe qui poursuit, de plus en plus exalté :

– Une seule fois, j'ai eu cette impression d'être dépassé... A l'université de Leningrad, je pratiquais l'identification active : je persuadais sous hypnose des étudiants en dessin, tout à fait moyens, qu'ils étaient Michel-Ange. En transe, ils dessinaient à sa manière, mais j'ai découvert que le potentiel créateur qu'ils développaient ainsi continuait à s'amplifier, en état de conscience normal. Résultat : ils devenaient de plus en plus talentueux, mais dans leur propre style...

– Qu'est-ce que c'est, la section 15 ?

– Ta famille, Steve. Un service tellement secret que même le Président n'est pas au courant de son existence. Pour sa propre sécurité. Pour qu'il ne puisse pas être impliqué dans notre sale besogne.

Un comble, non ? Tu ne ris pas. Evidemment, tu ne peux pas mesurer l'ironie...

Je ne vois pas ce qu'il y a de nouveau. Ça court les rues, les chefs d'Etat assassinés par leurs services secrets. Cette fois on accusera les anti-américains fanatisés qui pullulent en France, comme on a mis sur le dos de la Mafia l'exécution du sénateur Jackson.

– Ça veut dire, Steven, continue le Russe, que l'habileté et la vision du monde qu'avaient acquises ces étudiants, sous l'influence hypno-tique d'un génie de la peinture, rejaillissaient sur leur propre personnalité, en dehors des transes ! Et c'est bien ce qui vous est arrivé, à un niveau que je n'aurais jamais pensé atteindre...

– On s'en fout, coupe Ralph.

– Vous, peut-être. Je ne fabrique pas que des couvertures pour vos machines à tuer, moi, je per-mets à l'individu de modifier totalement sa structure interne !

– Allez prendre un café, Netzki.

Il réplique qu'il n'a pas soif, qu'il veut absolu-ment comprendre comment une simple adjonction de mémoire a pu fabriquer, sans autre suggestion extérieure, un être virtuel autonome et que plop ! il tombe en avant, un trou dans le crâne.

– Font chier, ces intellos. L'urgence n'est pas de comprendre, Steven, mais de nettoyer.

Je me mets à trembler nerveusement d'une manière convaincante, tandis qu'il annonce le programme : la villa va brûler avec nos cadavres, Pascal s'occupera de ma copine taxi, et tout sera en ordre pour demain.

– Allez, fais ta prière, vieux, si tu crois en Dieu dans ta petite tête de Martin Harris.

Je glapis des pourquoi tandis qu'il arme.

– Si tu savais le bol que tu as eu, Steven... Et les problèmes que tu nous poses depuis qu'on t'a retiré de la mission.

– Mais quelle mission ?

Il soupire, promène le silencieux sur les contours de mon visage.

– Tu te bousilles la main, on te planque ici le temps d'installer un autre tireur à ta place, tu prends peur, tu te barres, on te rattrape avec le camion, on te fout dans la Seine... On te pense noyé, puis neutralisé dans le coma, et voilà que tu débarques à l'appartement en te croyant chez toi, que tu ameutes les voisins... Impossible de te liquider sur place. Tu vas chercher les flics, tu alertes l'ambassade, tu loues un détective pour enquêter sur toi, tu essaies par tous les moyens de démasquer ton remplaçant... Evidemment il était moins crédible que toi : Netzki n'avait eu que six jours...

Je lui demande d'une voix blanche quel était le but de tout ça.

– Le but de quoi ? La fabrication d'un botaniste ? C'est toi qui as eu l'idée, en découvrant
l'appartement à louer sur Internet. A cause de la
fenêtre donnant sur la cour de l'Elysée, les Renseignements généraux contrôlent l'identité des
occupants. Il fallait plaire au propriétaire, en plus.
On a joué sur le hasard merveilleux qui lui offrait,
comme locataire, un confrère capable de prouver
ses travaux.

Je secoue la tête, l'air groggy sur ma chaise,
brisé en apparence par l'effondrement de ce que
je croyais être ma vie. Je répète avec une obstina-
tion sourde que je suis Martin Harris. Ralph me
contemple, écœuré.

– C'est vraiment une saloperie, cette hypnose, grogne-t-il en m'enfonçant le canon dans la
bouche.

Le soleil se lève derrière les bananiers. Le petit ouvre les parasols, traîne des matelas sur le sable, les installe, s'allonge pour les tester. Sa sœur passe à cheval au bord du lagon. Il lui crie d'aller galoper ailleurs : il vient de ratisser la plage. Leur mère ouvre le kiosque à boissons, une paillote en palissandre au toit de vétiver. Je les observe, d'en haut. Ils commencent à se détendre, à laisser la peur s'effacer sous le rythme des jours, à assumer cette vie de rêve que je leur offre à titre posthume.

A présent Muriel Caradet se nomme Jeanne Grimm, citoyenne helvétique gérant l'hôtel Diamant à l'île Maurice, un deux-étoiles tranquille à l'écart des palaces. Morgane s'appelle Amandine, ça lui plaît bien, mais son frère trouve que Cédric est un prénom encore plus nul que celui d'avant. Ils apprennent à ne plus se tromper, avec le temps, à accepter leurs nouvelles têtes. Moi, en tout cas, je suis beaucoup mieux. Pas très expressif, peut-être ; je regrette un peu les rides autour de mes yeux, ces pattes-d'oie qui rejoignaient mon sourire – mais avec le soleil elles reviendront.

La flore est passionnante, ici. Protégées par le fouillis des palétuviers aux racines aériennes, les mangroves constituent une réserve naturelle où les échanges entre espèces bousculent les théories de laboratoire. Je fais des découvertes, je remets en question des connaissances acquises. Toute cette érudition qu'on m'a mise dans la tête, il fallait bien qu'elle serve à quelque chose. Et que je la complète. Bien sûr je reste un amateur : il est trop tard pour faire carrière sous un autre nom avec une vocation de commande. Mais je veux former Cédric. Il est vraiment motivé, et c'est un nouvel enjeu d'explorer avec lui la forêt mauricienne, de lui transmettre ce qu'on m'a appris et de découvrir le reste ensemble. Il l'a décidé : quand il sera grand, il sera botaniste. Il reprendra le flambeau.

Je redescends le long du tronc, leur rapporte une noix de coco. Cédric la fend d'un coup de machette, et on la partage sous le parasol dans la douceur du matin, cette illusion d'île déserte avant que nos clients débarquent.

– C'est toi qui l'emmènes au collège ?

– D'accord.

Le sourire de Jeanne éclaire son visage modifié selon mes goûts. Elle fait semblant d'être bien, mais son caractère ne va plus avec son physique. En voulant la protéger de cette manière, j'ai brouillé tous ses repères, j'ai cassé tout ce qu'elle avait construit sur l'ingratitude du sort et la fierté de ne rien devoir à personne. Pour compenser, elle travaille douze heures par jour au service des vacanciers ; la fatigue est son seul ancrage. Combien de temps faudra-t-il pour qu'on retrouve la magie brouillonne de notre nuit d'amour à Clichy ? Quand pourra-t-elle regarder en face l'homme que j'ai été, chasser les doutes sur ma vraie nature, laisser notre présent effacer mon passé ? J'attends. Je l'aime en silence, j'attends qu'elle me refasse confiance, et je veille sur la famille que je me suis fabriquée.

Elle me demande si j'ai bien dormi. Je lui réponds oui, en espérant que bientôt ce sera vrai. J'ai beau faire le vide, chaque nuit je retourne en arrière, je remue dans mes rêves des souvenirs qui n'ont plus rien à voir avec moi – les souvenirs d'une existence antérieure à laquelle, en plein jour, il m'arrive de ne plus croire.

Tandis que Ralph Channing m'enfonçait son canon dans la bouche, je l'ai poignardé. J'ai mis le feu à la villa comme il l'avait prévu, et j'ai foncé à l'ambassade des Etats-Unis. Quand ils ont entendu le motif de ma visite, ils m'ont fait monter tout de suite dans le bureau de l'attaché militaire. J'ai exigé la présence du Premier secrétaire, du service juridique, et la ligne rouge pour négocier directement avec la CIA. Avant de donner le moindre renseignement sur l'attentat qui se préparait, j'ai exigé le Programme de protection des témoins. Le R 37, confidentiel défense : mort officielle, chirurgie esthétique et nouvelle identité. L'unique dispositif qui soit vraiment efficace. Je le sais par expérience – je lui dois les deux seuls contrats non honorés de ma carrière. J'ai précisé que si jamais ils m'éliminaient, j'avais pris mes précautions pour que le complot soit dévoilé aux agences de presse. Ils n'ont aucun moyen de savoir si je bluffe. Ils ignorent même si je connais le commanditaire de l'attentat. Je le devine, mais je m'en fous. La seule vérité qui m'importe désormais, c'est celle de nos faux papiers.

Le reste, je l'ai appris comme tout le monde, aux informations. Dans la nuit de vendredi, une fuite de gaz a fait deux morts, rue de Duras. Samedi matin, le Président a déjeuné à l'Elysée avec son homologue français. Sur le perron, pendant la séance de poignées de main pour la presse, une détonation a provoqué l'affolement général. Le service de sécurité a immédiatement investi le groupe des photographes, mais ce n'était qu'une fausse alerte. La technique Dallas : une précaution supplémentaire pour couvrir mon remplaçant. Alors qu'il avait sa cible dans le viseur, l'appareil trafiqué par Sabrina aurait fait croire que la balle mortelle provenait d'un photographe. Le temps qu'on le neutralise, ils auraient eu la marge suffisante pour évacuer l'appartement avant que le quartier soit bouclé.

L'explosion d'un flash ne pouvant justifier son maintien en garde à vue, le photographe avait été relâché le surlendemain. Officiellement, il avait trouvé la mort avec nous au fond d'un ravin du Val-de-Marne. Ça faisait au moins une trace humaine, dans les débris calcinés du monospace.

Tout cela paraît lointain, aujourd'hui, sans lien avec moi – au fil des semaines, les gens qui peuplaient ma vie d'avant sont devenus abstraits. Bien moins réels que ce père jardinier imaginé à partir de quelques phrases d'hypnose. Ce père qui avait pris corps dans mon coma pour me dire : *Tu auras une deuxième existence. Toi seul vas décider ce que tu en feras.* La voix de l'inconscient, le refus de la vie que je menais sans pouvoir m'y soustraire.

Steven Lutz est en train de disparaître. Le personnage de Martin Harris, les sentiments issus de son identité ont poussé par-dessus, comme le lierre recouvre un arbre mort. Que reste-t-il de cet homme que j'ai été pendant quarante-deux ans ? Cet orphelin de la guerre du Viêt-nam, ce solitaire insensible et précis, cette machine à tuer formée à l'académie de West Point, rodée à Grenade, en Palestine, au Koweit, affinée dans les camps d'entraînement du Nevada, gardée en réserve sous une couverture d'agent immobilier à San Francisco, parlant six langues, sachant se fondre dans la foule, abattre une cible à trois cents mètres et endosser n'importe quelle identité sous hypnose... Qu'ai-je conservé de lui ? Sa forme physique, des réflexes de prudence et trois regrets : son piano, sa bibliothèque en duplex donnant sur le Golden Gate, et son chat qu'ont dû recueillir les voisins.

Tout le reste, la violence froide inculquée dès l'enfance, l'embrigadement de l'armée, la fausse camaraderie des entraînements, l'indifférence face à la mort, le prix du sang converti en livres rares, n'a laissé que des traces de surface. Mon état d'esprit était le fruit d'un conditionnement dont l'hypnose, un jour, m'a délivré. Grâce à une greffe de personnalité qui a *pris*. Grâce au mystère d'un coma qui a transformé une banque de données en être humain. Les six jours où je me suis cru réellement un autre ont déclenché dans ma tête un processus dont je découvre encore des conséquences.

Je ne suis pas sûr de croire vraiment à la rédemption, mais dans le doute je m'y emploie.

En tout cas je refuse la fatalité, le ressassement, le remords : ce qui m'importe n'est pas le mal que j'ai fait, c'est le bien que je peux faire. J'y mettrai le temps qu'il faudra, mais j'ai confiance dans le pouvoir de ma volonté. Je deviendrai pour de bon l'homme que je croyais être.

REMERCIEMENTS

Au Pr Jean-Marie Pelt pour le langage des plantes.

A Jean-Claude Perez pour son décryptage de l'ADN et ses découvertes sur les mutations transgéniques.

Au Pr Rémy Chauvin pour ses lumières sur certaines expériences parapsychiques au sein de l'ex-KGB.

Au Pr Pim van Lommel pour ses études sur le coma et les Expériences de mort imminente.

A l'université de Yale pour son accueil.

A Joël Sternheimer pour ses tomates musicales.

L'ÉDUCATION D'UNE FÉE
Albin Michel, 2000

L'APPARITION
Albin Michel, 2001,
prix Science Frontières
de la vulgarisation scientifique 2002

RENCONTRE SOUS X
Albin Michel, 2002

L'ÉVANGILE DE JIMMY
Albin Michel, 2004

Récit

MADAME ET SES FLICS
Albin Michel, 1985
(en collaboration avec Richard Caron)

Théâtre

L'ASTRONOME, prix du Théâtre de l'Académie française
– LE NÈGRE – NOCES DE SABLE – LE PASSE-MURAILLE,
comédie musicale (d'après la nouvelle de Marcel Aymé),
Molière 97 du meilleur spectacle musical.
A paraître aux éditions Albin Michel.

Composition réalisée par IGS

Imprimé en France sur Presse Offset par

BRODARD & TAUPIN

GROUPE CPI

La Flèche (Sarthe).
N° d'imprimeur : 28157 – Dépôt légal Éditeur : 55538-03/2005
LIBRAIRIE GÉNÉRALE FRANÇAISE – 31, rue de Fleurus – 75278 Paris cedex 06.
ISBN : 2 - 253 - 11248 - 8